달팽이 계절

(느리게, 느리게 스며드는 다름의 계절)

달팽이 계절

이루다 지음

마음세상

느린 계절

늘 빠르게, 빠르게 생각하고 행동했다. 그러던 어느 날, 달팽이를 유심히 관찰하다 느리게 살고 싶다는 소망을 품게 되었다. 세상에 모든 게 너무도 빠르게 흘러간다. 급하게 한다고 좋을 게 하나도 없는데도 말이다. 한두 살씩 나이가 들어가면서 이 '빠름'의 강박은 더해져 간다. 달팽이의 세계에서 느림은 흠이 아니다. 그저 그렇게 흘러가는 것이다.

얼마 전 힘든 순간이 찾아와 홀로 부산으로 여행을 갔을 때였다. 여유가 생기고 이제 막 시작된 가을을 온전히 느낄 수 있었다. 맑고 청량했던 높은 하늘, 오랜만에 보는 바닷가, 엄마를 잃고 야옹거리며 울던 새끼 고양이…. 모든 게 멈추어 버린 것만 같았던 그 시간이 떠오른다. 뭐가 그리 급했을까. 조금은 모든 근심을 내려놓고 느리게, 느리게 스며드는 계절을 만끽하며 살아보아도 좋았을 텐데.

Chapter 1에서 Chapter 4까지 구성된 이번 책은 계절을 거꾸로 기획하여 겨울에서 봄으로, 계절을 느낄 수 있다. 장마다 그 계절을 느낄 수 있는 글을 배치하여 사계절에 닿을 수 있도록 하였다. 봄, 여름, 가을, 겨울로 이어지는 계절을 거꾸로 느껴보면서 이 또한 이상하지 않은 그저 다름의 계절이라는 의미를 전하고 싶었다. 달팽이처럼 느리게 온 계절을 아프고, 슬프며, 기쁘고 따뜻하게 보내기를 바라는 마음이 전해지길 바란다.

Chapter 2. 가을

Chapter 3. 여름

Chapter 1.
겨울

해가 떠오르는 순간

눈을 뜨자마자 옥상에 간다. 어떤 날은 어두컴컴해 아무것도 보이지 않고, 또 어떤 날은 해가 떠오르는 걸 본다. 당연하지만 당연하지만은 않은 이 광경에 지난 기억을 떠올려보곤 한다. 해가 올라오는 걸 볼 때면 살고 싶다는 강인한 의지를 느끼게 된다. 세상엔 여러 종류의 사람이 있다.

살고 싶어 하는 사람, 죽음만을 바라보는 사람 그리고 삶과 죽음을 넘나드는 사람. 나는 그 중 죽음만을 바라보는 사람이었다. 도무지 살고 싶다는 생각이 들지 않았던 꽤 오래였던 시간. 글을 쓰기 시작하고 조울증이 몰라보게 나아지면서 죽음은 어느새 다 타버린 불씨처럼 사그라들기 시작했고 떠오르는 해만 보아도 살고 싶다는 안정감을 느끼게 되었다.

산다는 게 참 그렇다. 당연한 듯, 당연하지 않다. 세상에 어떤 것도 그저 당연하게만 받아들일 일은 없다고 생각한다. 다 그만한 이유를 지니고 있고 또 애쓰고 투쟁한다. 숨 쉬는 자연스럽게 들었던 죽음이라는 생각, 열한 살의 나이에서 시작된 길고 길었던 어두운 터널을 걷던 나는 아주 작은 반딧불을 보았다.

살랑이며 눈앞을 돌고 도는 반딧불을 따라 다시 걷다 보니 새로운 세계가 보인다. 삶과 죽음은 확연히 달랐다. 마치 공황을 일으키듯 심장을 조여오던 어두운 터널은 마치 내가 세상에 존재하지 않는다는 착각을 불러일으킬 정도로 두려웠고 한걸음 발을 내딛기도 어려웠다. 빛을 내던 반딧불을 따라 걷게 될 때, 언제 내 두 발을 옥죄었는지 느끼지 못할 정도로 발걸음은 가뿐해졌고 허공에 떠오른 새가 되어 두 팔까지 휘저을 수 있었다.

여전히 책을 읽고 글을 쓰는 건 어쩌면 살려는 나의 투쟁과도 같다. 때론 어두운 터널이 뇌리를 스칠 때가 있다. 그마저도 활자가 되어 어딘가에 살포시 존재하게 되고 그 모습이 깜깜하든 피어오르는 모습이든 존재한다는 의미에서 점점 환해지는 아침을 맞이할 것이다. 해가 떠오르는 순간 '살고 싶다' 되뇌며 찬 공기를 코로 한번 깊게 들이마신다.

쿠션감에 대해

    좋아하는 일을 할 수 있다는 것에 대해… 책을 읽는 것보단 책을 소유하고 싶었다. 글을 쓰는 것보단 써 놓은 글을 읽고 싶었다. 그런 내가 지금은 작가라는 이름으로 글을 쓴다. 오래 살고 볼 일이란 말, 그 말을 쓰게 될지는 몰랐다. 제 작년 우연한 기회로 소소하게 글을 쓰기 시작한 후 삶은 몰라보게 변했다.

제일 크게 변화 한 부분은 무엇보다 정신 건강이 좋아졌다는 것이다. 평상시에 우울감을 자주 느낀다. 이 모든 우울감에 관한 부분이 아예 사라져 버린 건 아니다. 대신 우울감에 대처할 수 있는 기술적인 면이 몰라보게 향상되었다. 이 과정에서 깨닫고 얻는 부분도 많다. 삶을 마주하는 태도를 배운다.

살아가면서 우린 모두 이 현생을 처음 살아간다. 그렇기에 모든 면에서 서툴고 느리며 실패하고 주저앉기도 한다. 이런 순간이 올 때마다 부정적이고 나를 무너트리는 부분을 말끔히 없앨 수만은 없는 노릇이다. 유연하게 생각할 수 있는 지혜가 생김으로 삶을 살아가는 과정에 괴로움이나 고통을 받는 타격감에 쿠션감이 더해지는 느낌이다.

그 쿠션감은 처음엔 조금 얇은 두께일지도 모른다.

점차 스스로 단단해지면서 쿠션감의 두께도 서서히 두꺼워진다. 타격감 역시 그 전보다 심각하게 느껴지지 않는다. 이러한 현상은 특정 사람에게만 일어나는 게 아니다. 사람에겐 누구나 이러한 쿠션 역할이 자신에게 내재 되어 있다.

좋아하는 일을 한다고 해서 즐겁기만 한 건 아니며 일은 취미와는 다른 것이기에 좋아하는 게 일이 된다면 완벽하게 일을 끝내기 위해, 혹은 상사에게 혼이 나지 않기 위해, 또는 자신의 만족감을 위해. 우린 여러 이유로 자신을 들들 볶기 때문에, 아무리 좋아하는 것을 업으로 삼는다고 해서 행복하기만 할 수 없다.

위에서 말한 쿠션감을 두껍게 만드는 방법만 터득한다면 좀 더 빨리 자신을 보호하면서 사회생활을 할 수 있다고 생각한다. 자신을 보호하는 방법은 어떤 게 있을까? 여러 가지 방법이 있겠지만 평소에 소중하다고 생각하는 걸 아끼듯이 일에도 그러한 태도를 가져보는 것이다. 어려운 일일 수 있다.

나는 글 쓰는 일을 좋아하고 이 일을 평생 하면서 늙고 싶다. 스트레스를 받고 마감에 쫓기며 피폐한 생활이 시작될지도 모른다. 그럼에도 선택하고 싶은 이유는 이 일이 나에게 소중하기 때문이다. 소중한 걸 지키기 위한 노력, 그 과정에서 자신을 보호하며 쿠션감을 갖추는 것. 소소하지만 중요한 이 일을 차근차근, 해볼 것이다.

걷기란 세계

삶이 너무나 힘이 든 순간, 걷기를 시작했다. 당연히 처음엔 그 과정이 힘들다. 꾸준히 습관을 만들어 놓은 결과, 걷지 않는 삶은 생각할 수 없을 정도로 걷기는 세계가 되었다. 걷는 행위는 건강을 위해서, 체중감량을 위해서만 하는 행위가 아니라는 것을 알게 되었다. 호기심이 생겼다. 몸도 무거운데 한번 걸어볼까? 라는 가벼운 생각으로 걸었다. 집에서만 생활하던 나에게 이 작은 움직임은 큰 파장을 불러일으켰다. 걸으면서 들리는 자연의 소리, 풍경을 감상하게 되는 힐링의 순간. 시끄러웠던 머리와 가슴이 정리되는 신기한 경험은 아직도 생생하다.

평소엔 관심을 두지 못했던 하늘을 올려다보면서 다채로운 아름다운 색감에 넋을 잃고 쳐다보기도 한다. 그 색들의 어우러짐은 형용할 수 없는 오묘한 감정의 폭풍우를 일으킨다. 자연이 나를 품어주는 느낌을 받았다. '힘들었지? 이제 다 괜찮아. 모든 걱정을 내려놓고 편안하게 있어도 돼.'라고 말해준다. 한 발짝 한 발짝, 발을 땅에 내딛다 보면 새록새록 신선한 생각들이 떠오르기도 한다.

엉뚱한 생각이 나기도 하고 유쾌하고 재밌는 생각,

철학적인 물음 또한 떠오른다. 기막히게 흥미로운 순간이다. 그런 시간은 나를 온전한 나로 만들어 준다. 사색함으로써 한층 더 깊고 많은 생각을 할 시간을 주는 것이다.

사람들은 삶에 치여 자신으로 살아가는 법을 잊곤한다. 바쁜 일상을 소화해 내려 새벽부터 일어나 헬스클럽에서 러닝머신을 타고 회사에 출근하여 저녁까지일한다. 약속을 잡거나 집에서 책을 읽거나 하는 시간을 보낸 후 잠든다. 나에 관해 제대로 알아가고, 느낄수 있는 시간이 없는 것이다. 걷기라는 것은 자신을 세계로 열어 놓는 것이다. 걷기는 그저 단순히 운동이 아닌 삶에서 행하지 않으면 안 될 필수 요소가 아닐까. 나는 걷기를 통해서 자신을 이해하는 시간을 가질 수있었다. 나의 고민에 질문을 던지고 그것의 해답을 얻기도 한다. 여러 글감이 떠오르는 글감 저장고도 걷기에서 나온다. 그 안에 몽글몽글하게 잔뜩 모아 둔 글감을 하나씩 꺼내어 글을 쓴다. 불안장애에도 걷기는 좋은 수단이다. 불안정한 마음을 가라앉혀 주고 심신에 안정을 준다. 걷기는 우리에게 셀 수 없을 만큼 많은 것을 공짜로 나누어 주는 것이다. 닿을 수 없는 한 세계를, 우주를. 나는 계속 걸을 것이다. 그리고 생각할 것이다. 나를 알아가기 위해.

문단속

어느 날, '문'이라는 소재를 떠올렸다. 우리의 마음속에는 이와 같은 문이 있다고. 마음에 존재하는 멋대로 제거할 수 없는 이 문은 감정과 깊이 관련된다. 문 안에서는 우리의 감정을 다루기 때문에, 기쁘고 황홀한 마음도, 때론 화나고 우울하고 걷잡을 수 없이 슬퍼지는 마음도 이곳에 있다. 그러한 감정을 우리는 문을 여는 행위로써 바라볼 수 있게 된다. 어떤 이는 의도적으로 문을 열고 자신의 감정을 바라볼 수도 있고 또 어떤 이는 두려움에 문 앞으로 다가가는 것조차 어려울 수 있다. 어떤 이유에서건 문단속은 할 수밖에 없다는 결론이 나온다. 피해 보려는 행동도 다가가는 행위도 결국엔 일어나는 현상일 테니까. 문 앞에서 서성이는 나와 문고리를 잡고 과감하게 문 안으로 들어가려는 나 사이에 간극은 엄청나다. 그럼에도 선택은 늘 필요하다. 실제로 그런 상황이 온다면 나는 세게 문고리를 잡고 문을 열고 싶다. 저 너머의 마음속 세상을 제대로 들여다볼 수만 있다면, 그것이 주는 의미가 얼마나 큰지 알기에.

감정의 소용돌이에 휩쓸리다 보면 객관적으로 자신을 보기가 힘들어진다. 내가 무슨 생각을 하는지, 지금 어떤 기분이 드는지, 가고 싶은 방향은 어딘지. 그 많은 질문조차 그런 상태에서는 무의미해진다. 아픈 사람의 시야는 굉장히 좁아진다. 생각하고 싶은 만큼만 생각하게 된다. 그렇기에 의도적으로라도 자신을 흔들어 깨워야 한다. 정신 차리라고 이 모든 것만이 현실은 아니라고 뺨이라도 한 대 내리쳐 줘야 한다. 여전히 마음의 문단속이 어려운 나는 독서를 하고 사색하며 마음을 직시하려고 시도 중이다. 사람을 정신적으로 설명하고 해석한다는 것이 굉장히 어려운 일이라는 걸 안다. 그래서 손 놓고 자신을 타인 바라보듯 바라보는 이들도 많다. 나 또한 그랬다. 치료를 받으면서 사람의 무의식 속에 있는 것이 가지는 의미가 어떤 것인지 알기에 더 깊이 파헤쳐 보고 싶다.

당신의 문단속은 어떠한가? 이유 없이 뭔가 문제가 생겼다는 생각이 들 때, 그때라도 더 늦지 않게 적당한 문단속을 해두는 게 좋다. 손잡이를 잡은 손에 긴장감으로 땀이 날지라도, 열린 문 너머에 있을 미지의 세계에 대한 두려움으로 다리가 후들거리더라도. 더 큰 고통과 슬픔을 막기에 늦은 시간이란 없다. 남은 생에서 오늘이 가장 빠른 시간이니까.

감정의 무게

　다른 이들의 이야기를 듣다 보면 확실히 20대 시절
보다 슬퍼하는 일이 많이 줄어들었음을 느낀다. 그들
은 사소한 일에도 슬픔을 자주, 많이 느낀다. 제 작년
아버지가 갑작스럽게 돌아가셨다. 당시에는 우울증이
심했을 때라 감정을 느끼지 못하던 시절이었다. 돌아
가신 당일에도 덤덤하게, 준비하고 장례식장으로 향

했다. 더 이상, 현생에 계시지 않은 아버지의 모습을 보고 잠시 오열했지만, 감정을 수그러들었고 절차를 다 마칠 동안에도 눈물은 나지 않았다.

딱히 사이가 좋지 않은 관계도 아니었을뿐더러 어린 시절엔 아버지와 오히려 사이가 좋았으니, 관계의 문제는 아닌 듯 보였다. 주치의 선생님께 이 생각을 털어놓으니, 감정이 너무 우울감에 치우치면 감정을 느끼지 못하는 무감정 상태가 된다고 하셨다. 그런 나를 보며 이상한 사람이 된 건 아닌지 걱정하지 않았다면 거짓말이다.

시간이 지난 지금도 그리움은 느끼지만, 슬프다는 생각은 들지 않는다. 여전히 나는 타인에게 느끼는 공감도 나에게서 느끼는 감정도 어렵다. 선택적 공감과 감정을 느끼는 나에게서 일반적이고 보통에 가까운 감정이란 억지로 하는 숙제처럼 느껴진다. 내가 그어 놓은 이상한 사람이라는 편견을 나에게 사용해 본다.

슬픔의 무게가 같을 수가 없다는 사실을 망각한다. 기쁨을 느끼는 요소와 포인트가 다르듯 슬픔도 사람마다 느끼는 부분과 정도에 차이가 있다. 사이코패스가 아닌 이상 우린 저마다 느끼는 감정이 있다. 감정도 셀 수 없을 정도로 미세하고 다양해서 스스로 잘 느끼지 못할 때도 있고 남들보다 크게 느끼게 되는 경우 또한 있다.

슬픔의 무게를 어떤 방식으로 잴 수 있는 걸까. 감정까지 남들과 비교하며 살 게 되는 나의 모습을 본다. 비교라는 부분을 말끔히 제거했다고 생각했다. 그런 나에게서 감정을 타인과 비교하며 무조건 타인이 옳다고 생각하는 부분을 반성한다. 제각기 느끼는 감정의 무게는 다를 수밖에 없다. 우린 하나부터 열까지 모두 다르다.

감정 또한 다양성의 문제이다. 타인에게 피해를 주지 않는 선에서 이루어지는 건 그저, 다르다는 이유로 아름다울 수 있다. 감정을 느끼지 못하는 것, 혹은 과하게 느끼는 상태에서 자신을 자책하지 않는 나로 조금 더 생각을 확장하자. 정상 비정상을 구분 짓는 선은 없기에.

받는 기쁨, 주는 행복

생각해 보면 선물에 참 인색한 사람이었다. 이십 대 연애 시절에는 누군가에게 무언갈 받는 게 부담스러워 주는 것까지 싫다고 했던 사람이다. 그 당시엔 합의점으로 부담스러운 게 싫으니 서로 주질 말자, 약속했다. 그 이후로도 무언갈 주고 싶은 사람도 받게 되는 일도 생기지 않아서 딱히 주고, 받는 것에 관해 생각해 볼 일이 없었다.

그러던 중 같은 작가로 알게 된 동생이 나에게 정을 주면서 아낌없이 마음을 편지와 선물로 표현하는 모습을 보면서 색다른 느낌을 받았다. 처음엔 '나한테 왜 이런 걸 주지?', '아 좀 부담스러운데…', '그냥 안 주면 안 되나?', '답례로 뭘 줘야 하지?' 등의 고민거리가 쌓이면서 조금 스트레스를 받은 것도 사실이다.

점점 시간이 지나면서 마음을 선물로 주고, 받는 게 익숙해지자, 생각은 변했다. '아, 누군가에게 작은 선물이지만 내가 그 사람을 아끼고 주고 싶은 마음을 전한다는 게 이렇게 좋은 일이구나.' 그 이후 행동은 조금씩 변화하기 시작했다. 주변 사람들에게 조금씩 작은 선물이라도 받기를 바라는 마음 없이 주게 된 것이다. 이 변화는 아주 흥미로웠다.

나에게 아무런 이득이 없다는 걸 알면서도 기분이 좋았다. 선물을 받고 행복해할 상대를 생각하면서…. 얼마 전 작가 모임에서 받은 책 선물 외에도 오늘 또 맛있는 빼빼로 선물을 받았다. 재능 기부를 하면서 작업물을 받은 최근 친해진 작가님이 고마운 마음을 빼빼로 선물로 해주셨다. 잠을 자고 일어나 현관문을 열어보니 선물이 와있는 게 아닌가!

해피모닝! 이렇게 소소한 선물과 따뜻한 마음이 전해지면 사람은 아주 아주 해피해진다. 건강검진 날이라 금식 중인 게 아쉬운 순간이다. 어서 빨리 박스를 열어 한 입, 왕! 하고 물어줘야 할 것 같다. 마음은 표현하지 않으면 모르는 법. 말하고 표현하고 전해보자. 행복한 것은 상대뿐만 아니라 오히려 내가 될 수 있으니!

슬픔을 사랑한다는 건

살다 보면 슬픔이란 감정을 느끼는 순간은 정말 많다. 특히나 감수성이 풍부하고 예민한 사람들에게 슬픔이란 그저 순간순간 오는 감정이 아닌 일상에서 너무나 익숙하고 잦은 감정이다. 나 또한 그러하다. 슬픔은 이제 나에게 익숙한 감정이다. 현재 나를 가장 슬프게 하는 순간은 슬픔을 온전히 받아들이지 못하는 나의 마음이다. 슬프면 슬픈 대로 기쁘면 기쁜 대로 나의 감정을 받아들이고 흘러가게 두고 싶은 마음은 굴뚝같은데 그렇게 쿨하진 못하다.

가장 슬펐던 순간을 생각해 보면 딱히 크게 인생의 쓴맛은 없었던 것 같다. 그럼에도 나는 왜 슬픔과 친구가 되었을까? 문득 슬픔의 정확한 정의가 궁금해져 검색해 보았다. 슬픔에는 두 가지 뜻이 검색되었는데 한 가지는 슬픈 마음이나 느낌, 그리고 정신적 고통이 지속되는 일이라고 검색된다. 나는 정신적 고통이 지속되는 일에 슬픔이라고 생각한 것이다. 고통 속에서 글이 나온다는 어느 책의 한 구절을 읽은 적이 있다. 그러므로 고통과 슬픔에서 불만을 느끼는 건 반칙이라는 말에 전적으로 공감한다. 슬픔과 고통을 이젠 흐르는 대로 놓아주고 그 안에서 느끼는 것들을 글로 써내보리라. 어쩐지 슬픔까지도 사랑할 수 있을 것 같다.

투명한 전문성

공부가 더 하고 싶어졌다. 방법을 찾다가 방송통신대학교 국어국문학과에 편입하는 길을 택했다. 강의를 듣는 것부터 이해가 쉽지 않았다. 그러나 거기서 끝이 아니었다. 중간평가로 있는 과제물을 만나자 나는 경악할 수밖에 없었다. 공부라곤 해본 적도 없는 내가 과제물을 하느라 논문을 찾아 읽었고 밤새워가며 요약, 정리, 다시 새롭게 나의 언어로 재탄생시키기를 해내야 했다. 과제를 받자마자 필수로 알아야 할 사항이 있다. 바로 '표절'이다. 표절에는 다른 사람의 쓴 글을 출처를 남기지 않고 그대로 가져오는 것과 타인이 대신 과제를 해주는 것, 인공지능(AI)을 통해 과제를 하는 것이다. 누가 과제를 대신해 줄까 궁금했다. 검색해 보니 돈을 주고 거래되고 있는 모습을 훤히 알 수 있었다. 사람들은 무엇을 하든 쉽게 가려고 한다. 이런 시대일수록 진정한 '전문성'에 대해 진지하게 생각해 봐야 한다.

방법을 찾으면 쉽게도 가고 좀 더 편리한 방법으로 문제를 해결할 수 있다. 하지만 그게 진정한 자신의 실력인지는 스스로 묻고 또 물어야 한다. 겉만 화려한 '사짜'들이 넘쳐난다. 이러한 시대일수록 나의 실력을 갈고닦아 쉬운 길 보다는 제대로 된 길, 나의 '전문성'을 투명하게 드러내는 게 중요하지 않을까?

자신이 되는 것

사실 잘 살지 못한 인생이었다. 좋은 인생을 살아보 겠다는 생각도 하지 않았다. 글을 쓰면서 좋은 글을 쓰 려면 '잘' 살아야겠다고 마음먹은 것뿐 여전히 좋은 인 생을 살고 있다고 생각지 않는다. 그래서 좋은 글을 쓸 수 없다고 생각했던 것도 사실이다. 그러다 문득 무엇 이 올바른 인생인가 생각하게 되었고 여전히 그 질문 에 답을 찾지 못하고 있다. 남들이 바라보는 시각에 맞는 삶을 살 자신은 없다. 그렇다고 나 자신이 행복한 인생을 살아갈 자신도 현재는 없다. 여전히 부딪히고 무너지고 아파하고 우울해한다. 소소한 것에 행복을 느낀다고 생각했다. 그것만으로도 충분하다고, 자신을 억눌렀다. 아니다, 난 여전히 방황하는 존재이고 또한 앞으로도 그럴 것이다. 소소한 것에 행복을 못 느낄 수도 있다. 내 속이 곪는데 어디 그게 쉬운 일인가.

현실에서 도망치고 싶었다. 그래서 멀리 와버렸다. 어떠한 마음 정리를 할 수 있을진 모르겠지만 이 도망 여행을 통해서 얻고 싶은 게 있다면…. 행복도 아닌, 안정감도 아닌, 나라는 사람을 똑바로 바라볼 수 있는 자신이 되는 것.

소녀와 두유

    고등학교 다닐 때, 유독 추운 겨울이 오면 거리에서 나물을 파는 할머니가 자주 보였다. 한번은 팔고 계시는 나물이나 떡을 사 갔던 적도 있는데 아무래도 처치가 곤란해져버려서 그 뒤로는 따뜻한 두유를 사서 할머니께 드리곤 했다. 친할머니와 함께 산 세월이 있던 탓인지 유독 할머니를 보면 그렇게 마음이 쓰였다. 친할머니와 함께 살던 시절 귀도 파드리고 손톱, 발톱도 잘라드리고 목욕도 도와드리곤 했었다. 귀가 잘 들리지 않으셨던 할머니는 집에서도 멍하니 계실 때가 많았고 밖에서도 걸어 다니시질 못하시고 종일 의자에 앉아서 지나다니는 사람만 구경하셨다. 그런 모습이 손녀인 내 마음엔 아팠다.

외로워 보이셨다. 말동무 하나 없어 보이셨다. 그래서 중얼중얼 아무 소리나 하실 때도 나는 가만히 듣고만 있었다. 할머니가 돌아가신 당일엔 여행을 가 있었는데 새벽에 꿈을 꾸었다. 할머니 영정사진 꿈이었다. 울면서 깨서 핸드폰을 확인하니 부재중 전화가 여러 통 와있었다. 할머니가 돌아가셨다는 이야길 듣고 바로 달려갔다. 그렇게 장례식장에서도 할머니 꿈을 꾸느라 잠을 잘 수가 없었다. 이가 약하신 할머니는 고기를 잘 못 드셨는데 꿈에서 고기가 드시고 싶다는 게 아닌가. 이미 돌아가신 분께 고기를 드릴 방법도 없고 너무 안타까웠다. 연세가 있으시고 잔병으로 아프신 곳이 많으셨으니, 받아들일 때가 되었을 텐데도 할머니의 빈자리는 받아들이기 힘들었다. 한 공간에 같이 살아간다는 게 참 정이 많이 드는 일 같다.

가끔 겨울, 밖에서 나물을 팔고 계시는 할머니를 뵌다. 그렇게 뵙게 되는 할머니를 그냥 지나칠 수 없다. 따뜻한 두유밖에 드리지 못하지만 그건 모든 할머니를 위한 마음이기도 하다. 잠시뿐인 한순간이라도 손녀가 되어드리고 싶은 마음이다. 그렇게 지내던 어느날, 신기한 장면을 목격했다. 그땐 고등학교를 졸업하고 대학에 다닐 때였는데 나처럼 교복을 입고 할머니께 두유를 드리는 소녀를 발견했다. 그때의 기분은 정말 묘했다. 아직 세상엔 누군가를 생각하면서 사랑을, 정을 나누는 사람이 많구나 싶은 생각이 들었다. 그런 순간이 다시 온다면 손녀의 마음으로 따뜻한 두유를 할머니의 손에 건네고 싶다.

아빠, 내 꿈에 또 와줘

어제는 몸이 좋지 않아 몸살약을 먹고 낮잠을 잤다. 꿈을 기억하지 못해 자고 일어나도 꿈을 꾸었다고 생각할 적이 최근엔 거의 없다. 그런데 낮잠을 자는 동안 꿈을 꾸었다. 그것도 생생한 꿈을. 돌아가신 아버지가 꿈에 나왔다. 큰 건물 안을 혼자 이리저리 거닐고 있었다. 건물 안에는 사람들이 이불을 깔고 누워있거나 쭈그리고 앉아 물건을 팔았다. 두리번두리번 물건을 구경하며 사람들과 대화를 나누다가 갑자기 발걸음이 멈췄다. 이불을 깔고 아버지가 누워계셨고 텔레비전을 보고 계셨다. 너무 반가운 나머지 아버지에게 달려갔다.

"아빠! 왜 아직도 안 주무시고 계세요?"

말을 건네며 아버지의 손을 잡았다. 손은 퉁퉁 부어서 딱딱한 느낌을 주었다. 속으로 '왜 부었지?' 생각하며 그 손을 두 손으로 꽉 붙잡고 손등에 가볍게 뽀뽀했다. 그리고는, 아버지의 얼굴을 자세히 들여다보았다. 얼굴도 둥글게 부어 보였다. 하지만 그런데도 환하게 웃는 얼굴이 평온한 표정이었다. 그 표정이 너무 좋아서 이마에 뽀뽀하니 아버지가 환하게 웃으신다. 희끗희끗하게 올라온 흰머리가 빛이 났다. 돌아가시고 한 번도 꿈에 나오지 않으셨다. 가족 중 아마 유일하게 내 꿈에만 나오지 않으셨으리라. 조금은 서운한 마음이 있었다. '치, 보고픈데 왜 내 꿈에는 안 나오는 거야?' 구시렁거리는 여전히 여리기만 한 딸이 걱정되셨는지 드디어 날 찾아오셨다.

슬프게도 아버지가 나오자마자 꿈에서 깨버렸다. 눈물이 두 볼을 타고 아주 천천히 흐르기 시작했다. '뭐 대단한 꿈 꾸었다고 이렇게 눈물이 나냐.' 서운하다. 왜 이리 빨리 꿈에서 깨버렸는지. 아버지가 돌아가시고 많이 슬퍼하지 못했다. 심하게 우울감에 젖어있었던 시기여서 감정을 느끼지 못하는 상태였다. 그 감정은 뒤늦게 온다. 한없이 그립다. 매일 얼굴이 떠오른다. 배시시 웃으시던 입안에 달라붙어 있는 하얀 치아까지도 그리워진다. '늘 이가 좋지 않으셨는데 하늘나라에선 맛있는 것 잘 드셔서 살이 찌셨나. 부은 게 아니라 살이 붙으신 걸 거야.' 그렇게 생각하니 마음이

한결 낫다. 나는 하늘이란 세계를 믿는다. 천국과 지옥
도 믿고 있다. 비록 종교도 없고 믿는 신도 없지만 그
래도 그거 하나는 믿는다.

특히 아버지가 가시고 더 그렇다. 그곳, 하늘에서 나
를 지켜보고 계실 거라는 생각이 자꾸 든다. 그러니 내
가 더 잘 살아야지. 아프다고 누워만 있지 말고 제대로
살아봐야지. 그런 생각이 마음을 자꾸 툭툭 건든다. 하
늘에서 이 딸을 보고 있다면, 언젠간 거기서 다시 만나
웃으며 볼 수 있었으면 좋겠다.

사랑을 느끼고 맛보고 상상하고

배가 고프면 밥을 먹듯 사랑이 늘 부족하던 시절, 쉬지 않고 연애했다. 연애는 같은 패턴으로 반복되었고 행복하지 않은 연애임에도 불구하고 그 끈을 놓지 못했다. 사랑이 뭔지도 모르면서 가슴 저린 그 행위를 사랑이라고 믿었다. 누굴 만나던 진심으로 사랑했고 상대가 날 더 이상 사랑하지 않게 되는 날이 다가올까 두려웠다. 외로워서 단지 사랑이 받고 싶어서 발버둥 치고 있다는 걸 나만 몰랐다. 내가 한 사랑은 가짜였을까. 모든 일은 당사자들만 안다는데, 당사자인 나도 알 수 없다. 상대와 완전히 똑같은 감정일 순 없지만 적당히 비슷하게 마음이 맞을 땐 사랑을 느낄 수 있었다. 하지만 조금이라도 나와 다른 모습을 보이거나 감정을 드러내는 듯 느껴지면 상대를 의심하고 사랑을 불신했다.

이별을 고한 건 나면서 이별 후엔 매일 술을 마시고 마르지 않는 눈물만 계속 흘려댔다. 슬픈 영화 속 주인공이라도 된 것처럼, 한바탕 속앓이를 하고 나면 언제 그랬냐는 듯 새로운 사랑에 푹 빠져들었다. 얼마 전까지도 사랑이 없다고 믿고 있었다. 모든 건 아주 잠시뿐이라고. 그 시간이 지나고 나면 그 사람 없이 살 수 없을 거 같은 세상도 살아지고 달콤했던 그 순간의 언어도 살결의 향기도 모두 흩어져 버린다고 생각했다. 혼자만의 생각에 빠진 것이다. 세상에 아름다운 사랑이 얼마나 많은 줄도 모른 채. 이제 사랑을 믿어보려고 한다. 적어도 그게 진짜인지 아닌지 내가 판단할 수 없는 영역이라는 생각을 가지기로 했다. 종이에 잉크로 물들여진 활자를 바라보고 있노라면 사랑이 없다고 믿은 내 생각이 얼마나 편협한 사고였는지 실감하게 된다. 단어 하나하나를 음미하면서 읽어 내려가면 사랑을 느끼고 맛보고 상상하게 된다.

결국 그렇게 또 활자의 이야기를 느낀다. 사랑은 존재한다고 여기 있다고 말한다. 그 앞에선 입을 꾹 다문 채 아무 말 못 하고 서 있는 나를 발견 한다. 사랑은 그런 것이리라. 세상에 존재하는 설명할 수 없는 모든 것들의 수만큼 사랑의 모양도 다르게 존재하지 않을까? 사랑의 유무를 판단하는 건 각자의 몫이지만 당신이 어디에 있든, 보이지 않는 사랑이란 존재가 차가운 당신의 온도를 따뜻하게 데워줄 수 있기를.

보고 싶다는 말

보고 싶다는 말보다 가슴 뛰는 사랑의 언어가 있을
까? 보고 싶다는 말을 좋아한다. 감정에 무덤덤해진
내가 할 수 있는 가장 높은 표현의 사랑과 연결된 단어
이기 때문이다. 한동안 SNS에서 피드로 안부를 묻고
DM으로 연락을 자주 해오시던 작가님이 계셨다. 기
자 생활을 하셨고 우울증을 극복해 내시기도 하셨던
작가님이셨다. 크게 성공한 것도 아닌, 그저 작가라는

타이틀을 달고 글로만 소통하던 나였는데 굉장히 친근하게 대해주셨다. 어느 날은 작가님이 내게 말했다.

"작가님~ 언젠간 꼭 제가 작가님 뵙고 책에 싸인 받을 거예요! 꼭!"

그 말이 뭐랄까, 진심으로 전해져서 마음이 울컥했다. 그 말씀을 하시고 얼마 지나지 않아 책을 출간하셨고 반가운 마음에 냉큼 책을 주문해 받아보았다. 그런 와중 나는 슬럼프가 왔고 글을 쓰지 않았다. SNS 활동도 몇 달 동안 접은 상태로 지냈고 결국 핸드폰을 바꾸면서 계정 인증 문제로 그동안 해 왔던 SNS에 접속할 수 없게 되었다. 지금 새로운 계정을 새롭게 시작했는데 한동안 그 작가님을 찾을 생각조차 하질 못해서 연락을 드리지 못했다. 오늘은 유독 작가님이 생각나는 날이다. 진심으로 전해진 보고 싶다는 말이 그리웠나 보다. 그립다는 말은 보고 싶어 애타는 마음을 뜻하는데, 보고 싶다는 말은 그러한 그리움을 품고 있는 단어 같다. 그리워서 보고 싶은 마음이랄까. 오늘은 그 작가님을 찾아서 다시 안부를 묻고 싶다.

Chapter 2.

가을

무슨 소리지?

어두운 밤, 걷기 위해 밖으로 나갔다. 음악을 들으며 한참을 걷고 있는데 발밑에서 바스락바스락 소리가 들려왔다. 무슨 소리지? 고개를 내려 아래를 보니 무수히 많은 색이 바랜 낙엽들이 쌓여있었다. 내 귀에 들린 소리는 그 낙엽들을 밟아 생긴 소리였다. 아, 낙엽 밟는 소리를 의식하고 들은 게 언제지? 기억이 나지 않았다.

마음의 여유가 생겼다는 생각이 들었다. 사는 게 힘들다고만 생각했던 과거에는 무엇하나 관심을 가지고 진지하게 들여다본 적 없었다. 하늘을 올려다보거나 가을 낙엽 밟는 소리, 우수수 떨어지는 은행잎이 참 아름답다는 생각. 그런 여유가 없었다. 이제는 내 마음이 예전보다 더 여유로워지고 세상에 아름다운 생명과 사물을 볼 눈도 트였나 보다.

시간이 지나야 보이고 들리는 것들이 있다. 나이가 들어가면서 생기는 생각이 있다. 당시에는 자신이 느끼는 모든 것이 전부라 느껴지지만 조금씩 세월이 흘러감으로써 분명 달라지는 게 있다. 그러한 부분들이 좋은 것이든 안 좋은 것이든 언젠가 돌아보면 자신에게 경험이 되어 도움이 되는 날이 있다고 믿는다.

내 나이 서른다섯, 많다면 많고 적다면 적은 나이. 나이는 숫자에 불과하다면서 막상 현실적으론 그렇게 생각하지 못했다. 시간이 가는 게 무섭게만 느껴지고 나 혼자 멈춰 서있는 것만 같아서 초조하고 불안했다. 여전히 그런 마음이 남아있지만, 가을 낙엽을 밟으며 생각해 본다. 내년 가을에 낙엽을 밟을 때의 난 또 다른 내가 되어 있을 거라고.

그 모습이 아주 멋질 수도, 지금과 많이 달라지지 않았을 수도 있겠지만 그때의 나도 썩 괜찮을 거라고.

음악이 좋다

방금 산책을 하는 길에 음악을 듣다 생각했다. '나는 음악을 좋아해' 요즘 내가 음악 정보를 뽑아내는 곳은 다름 아닌 카페이다. 술집도 식당도 번화가 거리도 거닐지 못하는 나는 유일하게 가끔 낮에 들르는 혼자만의 아지트 카페 몇 군데에서 음악을 들으며 음악을 뽑아내는 것을 좋아한다. 뽑아낸다는 것은 음악 찾기로 음악을 자동 검색하여 내 플레이리스트에 담아낸다는 의미이다.

　좋은 음악을 자연스레 알게 되는 경로도 없고 누군가가 추천해 주는 음악을 듣는 스타일도 아니라서 내 취향에 맞는 음악을 찾기가 여간 어려운 게 아니다. 그래서 내 플레이리스트엔 중, 고등학생 때 듣던 음악이 대부분인데 최근엔 카페에서 취향에 맞는 좋은 음악이 들리면 바로 핸드폰을 꺼내서 음악을 검색한 후 재생 목록에 넣어둔다.

　그렇게 얻은 음악은 운전할 때와 걸을 때 듣곤 한다. 깊은 사이가 아니면 좋아한다는 말을 잘 하지 않는 내가 음악을 좋아한다는 생각이 든 산책 시간. 무언가를 좋아한다는 건 깊숙이 그 대상을 파고들고 전문가처럼 대상에 대해 알아야 한다고 생각하는 나는 무언가를 좋아한다고 말하는 게 쉽지 않다. 무언가에 흥미를 잘 느끼면서도 금방 시들어 버리는 성격 탓에 무엇 하나 그 세계에 발을 담그는 것조차 해보지 못했었는데, 아까 길을 걸으며 느낀 내 감정은 좀 달랐다.

음악은 가볍게 다가갈 수 있게 해준다. 들어갔다가 바로 나올 수 있게 해준다. 살짝 발을 담갔다가 뺄 수 있게 해주므로 나에게 아무런 부담을 느끼지 않게 해준다. 아무 생각 없이 원하는 곡을 선택하여 들을 수 있고 기분을 좋게 해주기도 하며 눈물을 뚝뚝 흘리게도 해준다. 어렵게만 생각했던 음악은 사실은 가볍게, 하지만 가볍지만은 않게 내 안에 있었다.

사람 관계도 무언가 시도하는 일에 관해서도 너무 깊지 않게 하고 싶은 내 마음을 다 이해한다는 듯, 옆에 있어 준 건 음악이었다. 온전히 혼자라고 느꼈던 운전하는 시간과 거리를 걷는 시간에 함께한 이 존재를 이제야 좋아한다고 느꼈다는 게 조금 머쓱하다. 취미에 하나 더 추가해야겠다. 좋아하는 조용한 카페에서 마음을 두드리는 좋은 음악을 뽑아오는 것. 나는 음악이 좋다.

마음이 급해서

언제나 20대 나이에 머물 줄 알았다. 당시엔 시간이 정말 가지 않았던 것인지 내가 30대가 될 줄은 몰랐다. 바쁘게 사는 건 똑같은데 왜 20대와 30대의 시간은 다르게 가는 것처럼 느껴질까? 무엇보다 지금의 나이를 신경 쓰다 보니 거울을 보면 하나, 둘 늘어나 있는 주름이 더욱 선명하게 느껴진다.

지금도 10대, 20대 때와 별반 달라진 게 없는 것 같은 생각과 생활을 하는 나를 발견하는데, 왜 나는 서른다섯인 거지? 갑자기 나이가 많게 느껴진 시기는 30대 초반 무렵부터였다. 발을 동동 구르며 매일 마음이 조급했지만, 시간은 잘도 흘러갔고 30대 중반이 되었다. 이젠 시간이 흐름이 더 빠르다. 아침에 눈을 뜨고 조금 지나면 금방 점심시간이 되고, 또 이일 저일 뒤적이다 보면 금세 저녁이 되어 있다.

'나이는 숫자에 불과하다.' 생각하려고 노력한다. 하지만 꽤 오랜 세월을 나이에 집착하며 지내온 탓에 생각의 전환은 쉽지 않다. 나이는 왠지 나를 대변해 주는 수단, 정체성, 개성, 가능성, 그 모든 걸 보여줄 단 하나의 것이라는 생각이 자연스레 든다. 언제쯤 나이로부터 자유로워질까.

마음이 급하다. 남들만큼은 아니더라도 내가 생각하기에 적당한 수준으로 오늘을 보내야겠다고 다짐한다. 마음이 급해서. 너무 조급해서. 천천히, 여유 있게 생활하자고 말했던 건 나를 속인 거짓말이었나보다.

서른다섯이 된 후로, 줄이게 된 말이 있다. "내년에는…" 내년에 하겠다고 미루는 버릇을 고쳐야겠다고 생각했다. 올해, 오늘 해야지. 왜 그걸 자꾸 내년으로 미루는 거야? 난 하고 싶으면 오늘하고, 올해 하고 싶다. 더 이상 내년으로 하고 싶은 일, 할 일을 미루고 싶지 않다. "내년에는…"이라고 할 일을 미루는 일을 더 이상 만들지 않고 싶다.

한정판

사람들은 한정판에 열광한다.

사람들은 세상에 단 하나뿐인 물건을 찾는다.

사람들은 단 하나의 특별한 사랑에 빠진다.

사람들은 그럼에도 어디에도 없을 자신을 사랑하지

못한다.

중요하다고 생각한 것보다 더 중요한

운동 목적으로 산책하러 나가곤 했는데, 요 며칠 산책은 머리를 비우고 또 채우기 위한 수단으로 하게 된다. 멍하니 걷다 보면 생각이 정리가 되기도 하고 새로운 생각들이 피어오르기도 한다. 걷는 시간, 아직 몸이 따라주지 않아 근육통에 아프기도 하지만 머릿속을 정리하기에 이보다 더 좋은 방법이 있을까. 오늘도 머리가 너무 복잡하니 마음마저 어지럽혀져 해가 지기

전에 걸으러 나갔다.

해가 지려고 노을이 지고 있었다. 요즘 나의 즐거움 중 하나는 하늘을 올려다보는 것이다. 하늘의 모습은 매일 그리고 초 간격으로 변하는 마법을 부리는 마술사가 된다. 화창한 날의 하늘을 구경하는 재미도 좋지만, 난 노을을 보는 걸 좋아한다. 그 색감에 눈과 마음은 그날의 피로를 풀고 다시 태어나는 느낌이 든다. 오늘은 거의 다 져가는 노을을 보았다. 붉은빛 주황색, 거기에 하늘색과 보랏빛, 내가 모르는 많은 색이 오묘하게 섞여 아름답다.

그 아름다운 빛을 보면 그 주위에 있는 새하얀 구름이 더 빛을 발한다. 사진엔 담기지 않았지만 구름이 여러 모양으로 휘몰아치는 듯한 모습을 하고 있는데, 빛들을 좀 더 아름답게 어루만져 준다. 그 광경을 보며 중요한 것보다 더 중요한 역할을 해주는 존재도 있음을 실감한다. 살아가다 보면 놓치고 있는 존재들이 있다. 지나치게 되는 수많은 존재를 생각해 보는 시간을 준 산책길의 노을, 이 아름다움을 볼 수 있는 두 눈이 있음을 감사하게 된다.

앞으로도 매일 노을을 많이 봐두고 싶다. 당연히 그 옆의 아름다운 구름 또한 빼놓지 않고 눈에 담아두어야겠다. 아무것도 우리에게 원하지 않은 채 그저 아름다움을 보여 주는 모습. 이 자연의 다채로운 빛의 풍경은 행복을 주는 존재이다.

선명한 줄

오늘은 둘째의 예방접종이 있는 날이다. 함께 예방 접종을 맞추기로 한 아이 엄마와 함께 아이들을 픽업 하려고 어린이집으로 향했다. 아이들은 견학을 다녀 온 날이라 기분이 좋았는지 병원에 가는 내내 웃고 떠 드는 모습이 참 예뻤다. 딸아이는 접종하러 병원에 간 다는 걸 알고 있었고 아이의 친구는 그 사실을 아직 모 르는 듯했다. 그렇게 병원 주차장에 도착하고 나서도 아이의 친구는 병원에 자신이 왜 가는 것인지 엄마에게 연신 물어보았다. 아이가 주사 맞는 걸 극도로 싫어하는지 엄마는 대답을 회피했고 나는 주사 맞는다는 사실을 모른 채 병원으로 발걸음을 옮기는 아이의 모습에 조마조마했다. 어느새 병원 데스크에 도착해 진료 순서대로 아이의 이름을 적었다. 자주 오는 곳이기에 데스크 선생님들과도 친숙한 느낌이 들어 방문할 때마다 반갑게 인사를 나누게 된다. 선생님 중에 나처럼 팔에 타투를 한 선생님이 지난번부터 눈에 들어왔다. 아무래도 아직은 춥지 않아 짧은 유니폼을 착용한 상태라 타투가 더 선명하게 보였다.

선생님들과 필요한 이야기를 나누는 동안 아이들은 서로 조잘조잘 얘기도 하고 책도 보며 자신의 순서를 기다렸다. 주사실에서 선생님이 아이의 친구 이름을 부르자 아이가 기겁하며 울기 시작했다. 주사를 맞는

다는 사실을 알게 된 것이다. 아이가 울기 시작하자 바로 맞히기 어렵다는 생각이 들었는지 우리 아이를 먼저 맞히자고 하셨고 아이는 순순히 주사실로 들어갔다. 한 번도 주사를 맞고 운 적이 없던 아이였는데 이번엔 웬일로 접종 맞으러 가는 게 싫다고 했던 아침이 떠올랐다.

아이가 혹시나 울까, 걱정하며 주사를 맞는 팔을 잡고 있었다. 선생님은 아이를 능숙하게 달래시며 주사를 놓으려고 하셨다. 그때였다. 주사기를 들고 있던 타투를 한 손목을 나는 보았다. 일부러 본 건 아니었다. 그냥 내 눈에 갑자기 확대된 것이다. 손목에 선명한 여러 줄. 분명 그 줄은 내 손목 안쪽이 줄과 같은 의미의 줄이었다. 그 몇 초 사이 내 머릿속엔 오직 한 생각만이 지나갔다. '많이 아팠겠다.' 나는 매일 내 손목을 들여다보곤 한다. 후회도 한다. 내 눈에 들어온 그 선명한 줄에도 많은 사연이 있겠지. 그 상처가 아물었다면 좋겠다고 생각했다. 집에 돌아오고 나서도 한참을 머릿속에서 떠나지 않는 이 생각을 오늘도 글에 적으며 기록한다. 사람들의 몸에 새겨진 여러 줄이 후회로만 남지 않길 바란다. 상처가 흐려져 가는 줄이기를.

먼지인가 우주인가

　새벽 일찍 일어나 글을 쓰자는 루틴은 며칠도 가지 못했다. 잠이 쏟아지는 구간이 오면 무슨 일이 있어도 잘 깨어나지 못하고 잠만 자는 패턴이 반복된다. 오늘도 그런 하루였다. 편의점에서 달콤한 초콜릿과 초코 우유 하나를 계산하고 찬 바람을 맞으며 종종걸음으로, 집으로 들어왔다. 자고 있던 낮에 눈이 왔다던데 잠을 자느라 첫눈도 보지 못했다. 너무 많은 생각이 글을 쓰지 못한다는 구절을 어디선가 본 것 같다. 쓰고 싶은 건 많고 어느 것 하나 욕심을 버릴 수 없어서 결국 생각이 정리되지 않는다는 이야기일 것이다. 어제 글을 쓴 이후부터 '내일은 어떤 걸 쓸까?' 고민했다. 글감이라는 게 슬그머니 와주는 날은 감사한 날이지만 그렇지 못한 날이 더 많다.

초코우유를 쪽쪽 빨아 마시며 글에 쓸 키워드를 뽑아낸다. 별, 우주, 과학자, 지구, 행성, 렌즈, 세상, 정체성, 공간, 먼지, 존재라는 키워드를 뽑을 수 있었다. 그중 '우주'라는 키워드를 골라보았다. 사람들은 자신의 존재를 우주에 비유하며 먼지 같은 존재라고 생각한다. 과연 그럴까? 개인적인 생각으로는 우리 개인은 제각기 다른 우주를 품고 있다고 생각한다. 우리가 곧 우주라고.

우리가 품고 있는 우주에 무수히 많은 게 존재하고 또 알 수 없는 미지의 세계가 존재한다고 상상해 본다. 우주복을 입고 우주를 둥둥 떠다니는 사람, 그게 바로 나다. 끝도 없이 펼쳐지는 가능성을 가지고 있는 게 사람이니까. 먼지라는 작은 단어로 가두어두고 싶지 않다. 우린 설명할 수 없을 정도의 무한한 힘을 가지고 있다.

신호등

운전하다 보면 신호가 떨어지지도 않았는데, 뒤에 차가 있다는 이유만으로 조급해지고 초조해지는 경우가 있다. 신호등 신호만을 주시하며 초조하게 기다리는 나를 발견할 때.

'뭐가 그리 급하니?'

나에게 묻는다.

직진과 우회전이 모두 가능한 차선에 서 있을 때, 나는 그런 두근거림을 느끼며 초조해진다. 뒤에서 빵빵거린 것도 아닌데 참 이상한 일이지. 인생도 이런 신호등을 기다리는 것과 비슷하지 않을까. 뒤에서 누가 조급하게 하든 말든 내가 만들어 놓은 기회와 타이밍을 때에 맞게 맞이하는 것.

앞에서 차가 빨리 가면 나도 모르게 빨리 가야 할 것 같은 느낌이 든다. 그 도로에 km 수에 맞게 달리면 될 것을 뭐가 그리 급할까. 그 속도에 맞춰서 나는 나의 기준에 맞춰서 그렇게 가면 되는 것을 뭐가 그렇게 급할까. 빨간불이 되면 멈추고 파란불이 되면 출발하면 되고 노란불이 되면 멈추면 되는 것을. 나를 채찍질하며 급하게 살아왔다는 생각을 신호등을 보며 느끼게 되었다. 괜찮아. 너는 네가 생각하는 그 기준에 맞춰 그렇게 가면 돼, 다른 사람의 발걸음에 맞춰서 갈 필요 없어. 너는 너 이기만 하면 돼.

운전하면서 별생각을 다 하는구나.

흐르는 대로 가자

한 달에 한 번씩 여행을 가기로 나 자신과의 약속했다. 지난번엔 부산으로 다녀왔고 이번엔 김천으로 계획을 세웠다. 5시에 기상하여 대충 준비하고 빠트린 것은 없는지 가방을 재점검한 후 서둘러 나왔다. 글을 쓰려고 아이패드와 키보드까지 챙겨 나왔더니 가방이 꽤 무거웠다. 어깨에 묵직한 가방을 메고 빠른 발걸음을 옮겼다. 사실 시간상으론 여유가 있는데 어딜 가든 일찍 도착하지 않으면 안 된다는 강박 비슷한 게 있어서 오늘도 한 시간이나 일찍 도착했다.

기차역 카페가 오픈 전이라 편의점에서 오랜만에 겨울에만 마시는 뜨거운 캔 커피를 한 잔 샀다. 비가 온 후 갑자기 날씨가 추워지는지 찬 바람에 코끝이 따끔따끔하다. 땅땅 얼어버리는 코에 손끝은 또 어찌나 시린지, 벌써 초겨울이 온 건가? 일찍 도착한 덕분에 이렇게 글을 쓸 수 있는 시간을 확보했다. 많은 사람들이 나처럼 바리바리 짐을 싸 들고 어딘가로 향하듯 발걸음을 옮긴다. 뒤로 메는 가방, 손에 든 여행용 작은 가방, 손으로 드르륵드르륵 끌고 다니는 캐리어 가방, 가방의 모양도 여러 가지다. 다들 어디에서부터 오는 걸까? 다들 어디로 가는 발일까. 호기심을 가득 품은 눈으로 그들의 가방과 발걸음을 보다가 카페 오픈 시간이 되어 카페로 들어갔다.

아이스 아메리카노를 한 잔 주문하고 자리에 앉아 부랴부랴 아이패드와 키보드를 꺼냈다. 한 모금을 먹기 전 시간을 확인했다. 여유 있게 20분 전 나가 있으려고 시간 계산을 해보니 이런, 글을 쓸 수 있는 시간은 15분. 황급히 글을 쓰다가 갑자기 와이파이가 끊기면서 글이 날아가 버렸다. 맙소사!!! 다시 짐을 싸서 기차가 서는 곳으로 내려갔다. 사람들의 옷도 참 다양하다. 이렇게 추운 날씨에도 얇은 정장을 입은 신사, 두리뭉실하게 생긴 파카로 따뜻하게 체온을 유지하는 중년 여성과 젊은 학생들, 오랜만에 니트를 챙겨 입고 얇은 재킷을 입은 나까지, 제각각의 모양이다. 바다 여행은 사실 도망 여행에 가까웠기 때문에 착잡한 마음으로 떠났다. 하지만 오고 나서의 마음은 한결 좋아졌다. 이번 여행은 또 무엇이 나에게 다가올까. 설레는 마음이다. 여행을 싫어하던 내가 혼행이라니. 글을 쓰니 참 많은 게 변한다. 세상을 온전히 느끼고 싶은 마음으로 오늘도 흘러가는 대로, 가자!

문장이 내게 오다

삶을 살아가면서 얼마나 많은 문장이 내게 올까? 내 삶 속에 들어와서 나를 껴안고 사랑해 주며 다독여 줄까. 많은 사람이 책을 가까이하기도, 멀리하기도 하지만 인생 문장 한 문장 정도는 모두 가지고 있지 않을까 생각해 본다.

"내 삶을 사는 것."

요즘 내가 걱정 없이 마음 편하게 지낼 수 있는 이유는 그저 내 삶을 살아가는 것. 남들보다 더 잘 살기 위해 발악하며 자학하고 내 영혼을 갉아먹듯 살아가는 게 아닌 정말 순수하게 삶을 살아내는 단순한 마음. 그 마음이 나를 살게 하고 있다. 더 이상 '넌 괜찮아, 잘하고 있어.' 그딴 주문도 걸지 않는다. 나를 사랑하기 위해 억지로 노력하지도 않는다. 언젠간 내가 나를 사랑하게 될 날이 올 걸 믿으며 묵묵히 기다려 준다. 언제 떠나게 되어도 비통한 마음 없이 가볍게 날아갈 수 있도록 사소한 일에 집착하며 나를 괴롭히는 행위도 이제 하지 않는다.

나는 어제도 오늘을 살자며 하루를 살았고, 내일이 된 오늘도 오늘만 살자며 다짐한다. 내 삶을 살아가는 것. 그저 묵묵히.

유일한 존재

살아가면서 유일한 존재는 무엇일까. 많은 것들이 존재하고 사람마다 다른 답을 내놓겠지만 나는 활자라고 생각한다. 그 시대, 시간, 사람의 감정, 분위기 그 외에도 많은 부분을 활자는 정리해 주며 기록해 준다. 글을 읽는 걸 좋아하던 사람도 아닌 내가, 책이 무엇인지도 모르던 어느 날 갑자기 책을 집어 들었다. 읽다 보니 그 안에는 감히 상상할 수 없는 많은 게 들어있었다. 이 세상에 글과 책은 무수히 많으며 넘쳐나고 있다. 특별한 노력 없이도 우린 가볍게 손만 뻗어도 읽을 거리를 얻는다. 언제부터였을까, 글이라는 광범위한 범위보다 활자, 즉 글자 하나하나가 더 눈에 들어왔던 순간이. 손으로 짚어가며 활자를 마음으로, 몸으로 느끼려고 했다.

활자로는 모든 걸 표현할 수 있을 것만 같다. 나에게 확실하게 증명되는 유일한 한가지, 앞으로 더 사랑에 빠지겠지. 지금, 이 메모도 유일하게 존재하게 될 글이 되겠지.

달팽이

매일 머릿속에 해야 할 일이 쌓여있다. 우울증을 심하게 겪고 난 후로 기억을 잘 못 하게 되었고 무언가를 집중하는 게 곤욕이 되었다. 10분. 딱 10분 정도 집중할 수 있었다. 얼마 전 아르바이트를 시작하면서 놀랍게도 집중력이 좋아졌다. 10분에서 30분, 50분, 그렇게 1시간. 집중 시간이 길어지면서 삶의 질도 올라

갔다. 그럼에도 초조했다. 쌓여있는 할 일은 줄어들 생각이 없다. 오랜만에 공황발작이 시작되었다. 비 오는 날, 느리게 기어가는 사각사각 천천히 음식을 먹고 있는 달팽이를 보며 생각했다. 달팽이는 우리 눈에만 느린 것이다. 그 아이의 세계에서 느림이라는 개념이 없다.

느려도 천천히 해내려는 의지. 그것만으로도 충분하다고. 불안과 초조로 미칠 것 같은 마음을 내려놓고 순간에 최선을 다하려 한다. 그 뒤의 일은 '그래서 어쩌라고'랄까.

내 속도로.
느리지 않다.
뒤처지지 않는다.
그저 다를 뿐이다.

밑줄 긋지 않을 문장은 없다

필사를 시작한 지 얼마 되지 않았을 때였다. 독서법에 관해 강의를 듣곤 했는데 밑줄을 긋고 책에 메모하면서 읽는 독서 법을 소개했다. 책은 무조건 깨끗이 관리해야 한다고 생각했던 사람이라 듣자마자 놀랐다. 좋은 독서법인지 여러 책에서 접하게 되었지만 나는 도저히 하지 못하지 않을까 생각했다. 그러던 어느 날, 묵혀두었던 인상 깊었던 책을 두 번째로 펼쳐 든 나의 손엔 형광펜이 쥐어져 있었다. '에라, 모르겠다! 좋은 부분은 모두 줄을 긋자!' 읽는 내내 중요한 부분에 줄을 긋던 나는 문득 이런 생각이 들었다. 나에겐 이 부분들이 중요하게 느껴지지만, 다른 이들이 이 책을 읽어도 같은 부분에 줄을 칠까? 그건 아니다. 사람마다 중요하다고 느끼는 부분이 다르기 때문이다.

밑줄 긋지 않을 문장은 없다는 생각이 들었다. 중요하지 않은 문장은 없다. 모두가 중요하게 생각하는 부분이 다르니까. 우리의 인생도 다르지 않다. 특별하지 않은 인생, 하루는 없다. 매 순간이 중요하고 소중하다. 각자에게 다르게 젖어 드는 아름다운 수채화 물감처럼. 24시간 중 1분 1초라도 아름다움이 있다면 그것만으로도 썩 괜찮은 하루이지 않을까. 당신의 하루, 인생에서 밑줄 긋지 않을 부분은 없다.

책을 좋아한다고 말하는 게
부끄러운 당신에게

어릴 때는 독서가 습관이 되지 않았다. 책이 좋았지만, 읽는 일이 연중행사로 되어버렸다. 공부는 손을 놓은 지 오래라 중학교, 고등학교 땐 시험공부도 하지 않은 채 매번 찍기로 시험을 봤다. 연필을 굴려 가며 1번에서 4번까지의 답 중에 아무것이나 고르는 것이다. 내가 대단한 사람이 될 거라고 생각하지 않았다. 특별한 꿈도 소망도 없이 무의미하게 살아갔다. 대학을 다 닐 때 책을 들고 다니면서 읽었다. 같은 과 학생들은 모두 책과는 거리가 멀었기에 나에게 책 읽는 여자라 는 별명까지 지어주었다. 그들에게 나는 책을 읽는 지 식이 있어 보이는 여자로 비추어진 것 같다. 나는 관종 처럼 이를 즐겼다. 책이 좋았다. 하지만 읽지 않았다. 호기심이라는 게 없었던 시절이다. 궁금하고 알고 싶 은 마음의 열정이 없다 보니 좋아하는 걸 해야 한다는 생각조차 들지 않았다.

그러다 아이를 출산하고 온갖 육아서들을 섭렵했 다. 아이를 잘 키워보겠다는 마음에 매일 밤 육아서 만 붙들고 살았다. 하지만 육아서대로 아이를 키우는 일은 거의 불가능에 가까워 보였다. 읽은 책은 어디에 두었는지도 잊을 정도로 내 마음속에서 쉽사리 잊혔 다. 그렇게 책과 멀리, 아주 멀리 지냈다. 인생의 위기를 맞은 사람들은 책을 집어 든다. 나 또한 그랬다. 여러 가지의 복합적인 인생의 위기가 한 번에 찾아왔고 책을 집어 들었다. 하지만 그 안에서도 실천은 없었다. 무의미한 읽는 행위만 한 것이다. 그러한 내가 필사하고 서평을 남기며 내 생각을 정리하는 일을 시작하고 나면서부터 책에 대한 마음 정리가 된다. 책은 그저 좋아하면 된다. 매일 읽으면 좋겠지만 좋아하는 책을 한 권 진득하니 천천히 읽어도 좋다. 좋아한다는 그 마음 하나면 누구에게나 "취미가 독서예요."라고 말함에 부족함도, 부끄러움도 없지 않을까?

다독만이 똑똑해지는 길이 아니며 많이 읽는 게 안된다고 해서 내 인생이 바뀌지 않는 건 아니다. 당연히 많은 책을 읽고 지식을 쌓고 여러 어휘를 습득하며 아는 것이 많아지는 것 또한 좋은 일이겠지만 한 권의 책이라도 천천히 내 것으로 만들고 내 삶을 비추어보며 변화를 시도해 보는 사람이 진심으로 책을 좋아하는 사람, 또는 좋아하게 될 사람이 아닐까 싶다. 무조건 속독하려고 했다. 다독하지 못하는 나를 한심하게 생각했다. 하지만 이젠 천천히 필사해가며 한 문장이라도 내 마음에 담고 실천해 보려고 노력한다. 누군가 무엇을 좋아하냐고 묻거나, 취미가 무엇이냐고 물을 때 "책!"이라고 답하는 걸 부끄러워하지 말자. 당신의 한 주에 몇 권의 책을 읽든 진심으로 읽어나간다면 그 행위 자체가 귀중하며 그 안에 있는 한 줄의 글귀가 인생을 밝혀주는 한 줄기 빛이 되어줄 수도 있으니.

반쯤 베어 먹은 달

강아지와 산책 후 돌아가는 길, 환하게 비추고 있어야 할 등이 꺼져있었다. 집 주변이 온통 검은 어둠뿐이었다. 앞이 보이지 않아 고개를 올려보다 하늘에서 비추는 밝은 빛에 시선이 멈췄다. 반쯤 베어 문 빵처럼 생긴 독특한 모습이다. 베어먹은 자리가 아주 선명한 빵 모양. 재밌고 귀여워 문득 빵에 관한 기억이 떠올랐다. 아버지는 퇴근하고 오실 때 빵을 자주 사 오셨다.

빵을 한 보따리 사 오시는 날이면 그 안에는 늘 생크
림 빵이 끼어 있었다. 그때만 해도 나는 빵을 좋아하지
않았다. 그냥 아버지가 늘 사 오시니까, 끼니를 때우듯
먹던 게 빵이었다. 그런데 한 날, 아버지한테 이렇게
물었다.

"아빠, 왜 이리 빵을 맨날 사 와?"
"네가 빵을 좋아하잖아. 크림빵."

그 짧은 대화에서 여태껏 빵을 사 오신, 크림빵이 늘
그 안에 있던 이유를 알게 되었다. 가슴이 먹먹했다.
티 나지 않게 고인 눈물을 삼켰다. 그날 이후로 나는
크림빵을 가장 좋아하게 되었다. 딸이 좋아하는 빵으
로 소소하지만, 따뜻한 사랑을 전했던 아버지의 기억
이 선명하다. 그 사실을 알고 오래 지나지 않아 아버지
는 다시는 뵙지 못할 곳으로 가셨다. 오늘 밤, 저 하늘

에 떠 있는 한입 베어 문 크림빵 모양의 달이 아버지의
사랑을 떠올리게 해준다.

　하늘에서도 아버지는 빵집에 들르시지 않을까. 사
랑하는 딸을 지켜보시면서….

눈에 보이지 않기에 더욱 소중한 것들

세상엔 눈에 보이는 것과 눈에 보이지 않는 것 중 어떤 쪽이 더 많을까? 답을 알 순 없지만 나는 눈에 보이지 않는 쪽이 더 많을 것으로 생각한다. 눈에 보이지 않기에 더욱 소중한 느낌이 든다. 우리가 오감으로 느끼는 수많은 감각과 감정들은 끝이 없다. 활짝 열어 놓은 창문에서 가을이 다가오는 소식을 전하려는지 조금은 차가워진 바람이 내 살결을 스치고 지나간다. 차디찬 바람의 숨을 느끼니 몸이 부르르 떨린다. 가을이다.

온몸을 가득 채우는 피로함을 달래기 위해 커피를 마셔본다. 상큼한 커피 향이 코를 찌른다. 시원하게 목구멍을 타고 흐르는 쓰디쓴 커피 한 모금에 피로가 말끔히 사라진다. 쌉쌀한 커피 맛을 음미하며 타자기를 두드린다. 신이 나 춤을 추는 손가락들은 경쾌한 타자기 소리에 더 힘차게 쿵쿵 뛴다. 바로, 이 순간이 가슴 벅차게 행복한 순간이다.

안식

어제 계획 된 여행을 하려고 기차를 탔다. 많은 분들의 응원에 더욱 즐거운 여행이 될 것 같았다. 블로그 외에 다른 sns에 여행 피드를 올렸더니 반응이 폭발적이었다. 모두 좋은 여행, 휴식이 되길 바라는 마음을 전해주었다. 충분히 그 마음이 전달되어 더욱 설레었다. 김천 구미역에 내린 후 직지사로 이동하는 경로를

알아보고 직지사로 바로 향했다. 그곳의 풍경이 보고
싶어서 사진도 찾아보지 않고 무작정 발걸음을 옮겼
다.

직지사엔 평일이라 그런지 사람이 많지 않았고 가
을을 시각, 청각, 후각, 촉각으로 느낄 수 있는 곳이었
다. 크진 않지만 작은 휘파람 소리를 내듯 새들은 지저
귀고 있었고, 낙엽 떨어지는 사각소리와 밟힐 때의 특
유의 바스락소리가 듣기 좋았다. 직지사를 감싸고 있
는 단풍은 붉으면서도 노랗고 선명한 녹색을 함께 품
고 있었다. 뚜렷하게 그 광경을 눈으로 볼 수 있음에
자연스럽게 두 눈이 동그래졌다.

여행은 힘들기만 하다는 편견을 가지고 있었다. 하
지만 이게 웬걸. 이렇게 편안한 안식은 처음이었다. 아
무것도 하지 않아도 되고 또 아무것도 필요치 않은 이

공간에서 그저 눈으로 보고 듣고 숨 쉬며 액자 안에 들어가듯, 그 풍경 안에 오롯하게 들어가 있었던 순간이다. 안식. 그래 안식이란 이런 것이리라.

그저 내가 될 수 있는 순간, 공간, 공기. 숨 쉬는 게 너무 편안해서 '이 곳에 더 머물고 싶다.', '이 공기를 이 풍경을 더 숨쉬고 보고싶다.' 생각했다. 평소의 나는 뭘 하든 급하게, 빠르게를 외치면서 쉼 조차도 쉼이 아닌 인생을 살고 있다. 직지사에 와서 비로소 제대로 된 쉼을 경험한다. 아무것도 하지 않아도 된다는 생각을 제대로 갖게 해준 김천 여행. 그래, 이게 쉼이지.

Chapter 3.
여름

결혼과 비혼

결혼 12년 차 주부로 살아가다 보면 가끔은 '비혼으로 살았으면 어땠을까?' 상상하게 된다. 뭐, 요즘같이 내 몸 하나 건사하기 힘든 시대에 무슨 결혼이냐 하는 사람들이 많아졌지만 그래도 주변을 보면 막상 때가 되어 제 짝을 만나 결혼을 하는 사람도 생각보다 많다. 결혼한다고 해서 행복이 저절로 찾아오느냐 하면, 그건 또 아니다.

이런 말이 있지 않나. '혼자서도 잘 사는 사람이 연애도 잘한다.' 성숙한 내면을 갖춘 사람이어야 연애도 원만하게 할 것이고 결혼 후에도 행복한 가정을 만든다. 20대, 여럿이 모여 술을 먹는 게 좋았다. 삼삼오오 모여 주 7일 매일 술만 마셨다. 그렇게 노는 걸 좋아하는 사람이 어떻게 결혼까지 해서 집순이가 되었는지 의문이다.

성숙해져 간다는 건 어른으로서 책임져야 하는 부분을 묵묵히 제 할 일을 하며 책임지는 것이 아닐까. 나는 임신과 출산으로 그 과정들을 조금씩 알아가게 되었다. 엄마라는 이름이 여전히 무겁게 느껴지고 잘하고 있는 건지 힘든 생각이 들 때도 많지만 엄마가 처음이기에 '이 정도면 잘 해내고 있지!'라며 다독이곤 한다.

분명 기혼이 되면 포기해야 할 일과 희생해야 하는 부분이 존재한다. 기혼들은 결혼에 장단점이 있다고 말한다. 하지만 가족이 주는 안정감과 행복은 해보기 전엔 모르는 감정이다. 뭐든 해보지 않으면 알 수가 없다. 그렇다고 결혼을 권할 생각이 있냐고 묻는다면? 전혀. 결혼 후 삶이 너무 힘들었기 때문이다. 비혼주의는 현명하게 미리 역경을 차단하는 하나의 방법일 수도 있다.

어느 쪽이 더 옳다고 할 순 없는 문제다. 그래도 그 둘 사이엔 공통점이 있다. 혼자서도 잘 살 수 있는 마음이 튼튼한 성숙한 사람이어야 행복할 수 있다는 것. 결혼과 비혼주의로 편을 가르지 말자. 내가 행복할 수 있는 선택을 하면 그걸로 오케이다. 사람은 어떤 선택을 하든 감정은 변하고 생각도 변한다. 선택해 보기 전엔 그 누구도 판단할 수 없다.

그런 이유에서 나는 기혼과 비혼을 그저 선택의 문제라고 생각한다. 서로의 결정을 이해하지 못하고 내 의견만을 내세우는 꼬여있는 소통은 이제 그만할 때가 되지 않았나. 막말로 결혼이 뭐길래. 각자 하고 싶은 대로 사는 거다. 내 인생 누가 대신 살아주는 것도 아닌데.

완벽하지 않기에 아름다운

산책하려고 길을 나섰다. 요즘 날씨는 꽤 덥지만, 저녁 시간이 되면 오히려 선선해서 걷기에 딱 좋은 날씨다. 두리번두리번 풍경을 보며 거닐었다. 눈에 띈 민들레 씨 일부가 날아가 버린 민들레꽃. 어딘가 완벽해 보이지 않지만, 그 모습 그대로 너무 아름다운 모습이었다. 내 모습을 생각했다. 거울을 보면서 체중에 집착한다. 체중계에 매일 올라가 체중이 마치 내 가치를 평가

하듯 생각하는 모양새를 떠올렸다.

나는 나의 모습을 사랑하지 못한다. 늘 남에게 보이는 미적인 부분에서만큼은 자신 없어 한다. 아름답다는 건 하나로 정의 내릴 수 없는 것인데. 특이하게 나의 예쁜 부분은 찾지 못하지만, 타인에 관해선 장점, 예쁜 점, 돋보이는 부분을 굉장히 잘 찾아낸다. 이상하게 상대방을 바라보면 한없이 사랑스럽고 예뻐 보인다. 나에게만 높은 기준을 들이댄다.

산책하며 발견한 민들레를 보며 내 마음을 조금은 가볍게 놓아주고 싶어졌다. "너도 예뻐. 살 좀 찐 게 어디가 어때서." 그렇다. 살이 좀 찐 게 어때서! 최근 다이어트를 한다고 꽤 열심히 운동하고 식이조절을 했지만, 여전히 나는 뚱뚱하다. 약 부작용으로 꽤 많이 쪄버린 살은 몇 년째 제자리걸음이다. 자신을 사랑하는 사람들이 부러웠다. 타인의 눈에 얽매이지 않고 자신이 입고 싶은 옷, 화장, 액세서리를 하고 거리를 활보하는 그녀들이 아름다웠다.

나는 차마 그러지 못했다. 미운 아기 오리가 된 것 같았다. 나를 쳐다보는 시선은 모두 나를 못났다고 손가락질하는 듯 보였다. 아름다움에 대한 내 생각은 잘못되었다. 우리는 모두 완벽하지 않기에 아름다운 것이 아닐까? 모두가 완벽하다면 이렇게 세상을 살고 있는 많은 이들이 아름다움이 알록달록하지는 않을 것이다. 나의 못난 마음을 조금은 내려놓을 수 있는 저녁이다.

"괜찮아. 지금도 넌 충분히 아름다운 걸."

스스로 한계를 그었던 건 아닐까

고등학교에 다닐 때까진 우울증으로 무기력했다. 개미가 지나가는 모습을 구경하고 비둘기와 대화를 나누는 등 자신만의 세계가 있었다. 사람 간의 관계가 서툴렀으며 인생에 대한 계획, 실행, 생각 따위는 내게 없었다. 그러던 내가 성인이 되어서는 조울증이 되었다. 조울증이 발현된 나의 모습은 아주 달랐다. 쾌활했으며 무슨 일이든 도전했고 나를 막을 벽은 아무것도 없다는 근거 없는 자신감이 넘쳤다.

그렇게 당당하던 내가 스물여섯의 나이에 결혼했다. 결혼 후의 삶은 행복하지만은 않았다. 집이라는 공간에서 아이와 단둘이 몇 년을 지냈다. 외부로 나간다는 건 나에겐 두려움이었다. 갇혀 지낸다는 생각에 답답했다. 자신감은 온데간데없이 사라졌고 나는 아무것도 못 할 거라는 생각만 남았다. 자신의 한계를 스스로 정했다. 아무도 모른다. 당신이 뭘 할 수 있고, 뭘 할 수 없는지.

아무것도 할 수 없을 거 같던 내가 책을 출간했다. 한계를 정해놓지 않았다. 반드시 할 수 있을 거라는 믿음을 가졌다. 우리는 이기게 되어 있다. 원치 않는 방향으로 흐르는 건 단지 그 방향을 제대로 잡지 못해서가 아닐까? 다시 한번 마음에 새기고 싶다. 내가 뭘 할 수 있고, 뭘 할 수 없는지는 아무도 모른다고.

앞으로는 어떤 일을 해낼까. 생각만 해도 가슴이 두근거린다. 하고 싶은 일을 하고 싶다고 마음에 품는 건 대단히 멋진 일이라고 생각한다. 모두가 가슴에 품은 꿈들을 하나씩 해나가는 올 한 해가 되었으면 좋겠다.

여자와 남자

현재 사회는 여자는 여자의 삶이 힘들다고 울고, 남자는 남자의 삶이 힘들다고 우는 사회이다. 서로가 각자 자신에 삶이 억울하다고 느낀다. 우리는 여자와 남자는 성이 다른 것 외엔 모두 같다는 사실을 잊고 살아간다. 아이에게 "남자와 여자는 길러지는 환경이 달라서 서로가 평등하지 못한 상황이 만들어질 뿐, 모두 같아. 성이 다를 뿐이야."라고 이야기해 주었다. 모두가 같다는 생각은 위로가 된다.

요즘은 인터넷 기사만 봐도 댓글로 여자와 남자가 싸우는 게 일상이다. 댓글의 내용을 보면 '너는 그렇고 나는 이래서 억울하다.'라는 마인드가 우선 깔려있다. 그런 마음이 도대체 무슨 도움이 될까? 서로서로 사랑해야 할 인격체, 존중해야 할 인격체로 볼 수 있는 날이 왔으면 좋겠다고 생각해 본다. 우린 그저, 그러한 생각을 하게끔 키워진 환경 속에서 서로를 헐뜯을 수밖에 없게 성장해 온 것으로 생각하며….

술이라는 몽환의 숲

술을 처음 먹기 시작한 스무 살 무렵 신나게 술을 마셨다. 그땐 맛으로 먹은 게 아니었다. 분위기에 취했다. 조잘조잘 끊임없이 떠들어대는 수다 소리와 모두가 발그레하게 빨개진 볼로 웃음을 주고받는 게 좋았다. 몽롱하게 무르익은 그 분위기 속에서 소속감을 느낀 것 같다. 나만 취하는 게 아니니까. 그 틈에서도 유독 잘 취하는 사람이 있고 끝까지 살아남는 사람이 있다. 나는 다였다. 잘 취하기도 했으며 오래 살아남기도 했다. 끝까지 살아남아야만 강해 보인다는 강박이 있었다. 술이 약한 나는 과일주를 좋아했다. 맛있지만 한 번에 훅 간다는 과일주. 다양한 맛을 뽐내며 독한 알코올 향은 숨긴 채 새콤달콤한 맛으로 승부를 거는 과일주.

남편과의 연애 시절 첫 데이트는 술로 시작했다. 부끄러운 남녀가 첫 데이트를 시작하기에 술만 한 것이 없었다. 술을 마시며 남편과 많은 이야기를 나누었다. 평소에 하지 못한 얘기들을 풀어놓게 해주는 마법의 힘은 술에 있었다. 서로의 이야기를 나누고 나면 좀 더 돈독한 우리가 되었다. 술은 언제든 빠지고 싶은 몽환의 숲이다. 몽롱한 기분에 빠지고 나면 술이 나를 마신 건지 내가 술을 마신 건지 구별조차 되지 않는다. 이럴 때 나는 조금 위험한 상태가 된다. 조울증이 심하게

왔다 갔다, 하기 때문이다. 웃다가도 금세 눈물을 보이는 나를 사람들은 조금 이상하게 바라보았다. 그런 이유에서 나는 절주 중이다. 나에겐 술이 독이 되지 않게 적당한 선에서 마시는 습관을 들이는 게 중요하다. 술을 마실 일이 생긴다면 아니 마시고 싶은 날이 온다면 기분 좋게 웃으면서 달콤한 과일주를 시원하게 한 모금 삼키고 싶다.

행동은 행동하지 않는 것보다
언제나 낫다

나는 그저 날마다 숨 쉬는 것 외엔 하는 것 없었던 주부였다. 무기력했고 삶의 의미를 찾지 못한 채 수많은 소중한 시간을 너무도 쉽게 흘려보냈다. 그런 내가 이제 삶의 의미를 찾게 되었고 책을 읽고 사람들과 소통하며 글을 쓰고 있다. 나에겐 오지 않을 것 같던 시간들. 내가 원하고 바라던 그 순간들이 바로 지금 내 곁에 와준 것이다. 나에게 올 수 없을 것 같은 이 모든 일들이 나에게 올 수 있었던 건 두려움에도 '실행'한 덕분이다. 원하는 만큼 성과를 내지 못해도 행동은 행동하지 않는 것보다 언제나 낫다.

혹시 이 글을 보고 있는 순간에도 마음속에 담고 있는 소망들을 '두려움'에 행동하지 못하고 있다면 용기 내어 한 발짝만 앞으로 내디뎌 보길 바란다. 아무것도 할 수 없었던 나란 사람도 해냈다. 아주 작은 행동일지도 모른다. 누군가에겐 그 작은 행동이 우스워 보일지도 모른다. 하지만 난 지금 그 행동의 결과로 행복하다. 내가 행복하다면 그걸로 된 거다. 남의 시선에 남들의 평가에 나를 규정하지 말자. 누구도 나를 규정지을 수 없다.

얼마만큼 사랑하세요

　카카오톡 프로필은 온통 내 사진이다. 셀카를 하루에도 몇 번씩 찍곤 한다. 그런 나를 보고 남편이 말했다. "자기는 은근히 자기 애가 강한 거 같아." 그 말을 곰곰이 생각해 보았다. 내가 생각해도 나를 사랑하지 못한다는 생각을 자주 하던 나였다. '사기애'란 무엇일까? 지식백과를 검색해 보면 자기애(Narcissism)는 '자기 자신에게 애착하는 일'이라고 나온다.

자신에게 애착하는 일, 참 오랜 세월 동안 그거 하날 못했다. 내 모든 게 못나 보였고 타인의 시선에만 신경 쓰기 바빴다. 타인에 시선의 노예라고 할 정도로 누가 나를 어떻게 판단하는지에 집중했다. 그렇게 살다 보니 늘 피로감을 느꼈다. 행복하지 않았다. 나는 나일 뿐인데, 내가 아니었다.

이제 조금은 아니 많이 다른 내가 보인다. 당당하고 누구의 말에도 쉽게 상처받지 않으며 제일 중요하게 생각하는 건 '내 생각'이다. 살아보니 그렇다. 정말 그 누구도 나 대신 내 인생을 살아주지 않는다는 그 흔한 말이 실감 날 때가 있다는 것. 아무도 내 삶을 살아주지 않는다. 내 선택과 결정으로만 살아가야 한다. 곧 내가 주체가 되어야 한다는 뜻이다. 내가 주체가 되는 삶을 살면 처음에는 어색할 수 있다. 모든 게 서툰 게 우리니까. 걱정할 것 없다. 서서히 타인의 생각보다 내 생각이 중요해지기 시작할 때, 노를 젓자. 그때가 기회이다. 나와 관련된 모든 선택은 내가 한다고 굳게 다짐해 보자. 그 누구의 시선도 신경 쓰지 않기로. 책을 읽으며 글을 쓰고 사색하는 시간을 갖게 된 나에게 온 가장 큰 영향은 아마도 자기애가 강해졌다는 게 아닐까.

자기 자신을 사랑한다는 그 감정만큼 소중한 감정은 없다. 어느 날 아이가 말했다.

"엄마는 누굴 제일 사랑해?"
"우리 딸들이지~"
"엄마, 엄마를 가장 사랑해야지."

대화 속에서 머리를 한 대 맞은 기분이었다. 그렇네, 맞아, 내가 나를 가장 사랑해야지. 이 작은 아이도 자기가 자신을 가장 사랑해야 한다는 걸 알고 있는데 나는 그걸 몰랐구나. 깊은 성찰의 시간이었다. 이 글을 읽는 당신도 누구보다 자신을 가장 사랑하길 바란다. 세상이 달라 보이는 기분을 느낄 것이다. 나는 나다. 아무도 날 대체할 수 없다.

우리의 흰 머리카락

날짜를 보니 친정에 방문한 지 오래된 것 같았다. 미리 엄마에게 연락을 드리고 약속을 잡았다. 엄마 집으로 가는 길에 핸드폰이 울렸다. 엄마의 전화였다.

"건물에 카페가 있는데 거기서 시간 보내다가 엄마 퇴근하고 같이 가는 게 어때?"

"알았어요~ 엄마."

엄마의 회사 건물 안에 있는 카페에서 음료를 마시면서 시간을 보내고 있었다. 평소에 워낙 일이 많아서 늦게 끝나신다는 얘길 자주 들었던지라 일찍 끝나실 거라, 생각하지 못했다. 딸이 기다리고 있다는 생각에 헐레벌떡 일을 끝내신 건지 엄마의 퇴근 시간을 예상보다 빨랐다. 엄마와 집에 가서 오랜만에, 중국집에서 음식을 시켰다. 아무래도 엄마도 직장을 다니셔서 음식을 하신다는 게 여간 귀찮고 번거로운 일이시리라.

배달이 밀렸는지 음식이 1시간 정도 걸린다고 하셨다. 음식을 기다리다 화장실에 간 김에 거울로 새치가 얼마나 자랐나, 머리카락을 뒤적거리며 셀 수 없을 정도로 많이 자란 새치를 보고 있었다. 도저히 이 상태로는 안 되겠다는 생각에 엄마에게 집에 염색약이 남은 게 있는지 물었다. 다행히 염색을 주기적으로 하셔서 염색약이 넉넉히 남아 있었다.

처음엔 혼자 하려고 생각했는데 어쩌다 보니 자연스럽게 엄마가 염색을 해주시게 되었다. 엄마의 손길은 전문가의 손길 같았다. 척척 시간 배분도 잘하시면서 새치가 있을 틈을 잘 찾으셔서 쓱쓱 약을 요리조리 잘 바르셨다. 놀라운 실력에 나의 칭찬은 계속 되었다.

"엄마!! 엄마 손길이 완전 전문가예요!!! 어쩜 이렇게 잘 바르셔~"

그렇게 화기애애한 염색 시간을 가지면서, 문득 이런 생각이 들었다. 벌써 엄마가 내 새치 염색을 해줄 나이가 되었네. 나이는 신경 쓰지 않기로 해 놓고선 또 이런다. 또 이래. 엄마의 백발이 된 하얀 머리를 보면서 다음 번엔 서툰 솜씨여도 엄마 머리를 염색해드려

야겠다는 생각이 들었다. 나이는 아무것도 아니고 새

치, 흰 머리는 요즘 젊은 층부터 자라나는 머리임에도

불구하고 조금은 서글퍼지는 것은 어쩔 수 없나 보다.

다른 시선으로

어제 갑자기 언니에게 연락이 왔다. 장문의 카톡으로 보아 왠지 가벼운 일은 아닌 느낌이었다. 내용을 보니 조카와 길을 걷다가 횡단보도에서 차에 치인 한 여성을 보았다는 것이다. 처음으로 그러한 상황을 맞닥뜨린 언니는 너무 놀라서 죽은 듯이 누워있던 여성에 대한 걱정과 자신에게도 이 일이 트라우마가 될 것이라는 걱정을 하고 있었다.

걱정이 많아진 언니는 자신이 피해자가 될까, 혹은 주변 사람이 피해자가 될까, 걱정되어 나에게도 평소에 조심하라며 신신당부했다.

이 이야기를 듣고 조금 다른 생각이 들었다. 당연히 피해 여성이 걱정됨과 동시에 왜 우린 늘 피해자가 될 거라는 생각만을 하는 것일까? 하는 의문 말이다. 사람들은 자신이 당하는 쪽인 피해자가 되지 않기 위해서만 조심할 생각을 한다. 언제 어디서 누구에게 피해를 입을지에만 온 신경이 곤두선다.

조금만 다른 시선으로 생각해 본다면, 우리가 가해자가 될 수 있는 환경, 순간은 언제든 올 수 있다. 가해자가 되지 않기 위해선 어떻게 해야 할지, 남에게 피해를 주지 않기 위해선 어떤 마음과 자세로 살아가야 할지를 생각하는 사람은 상대적으로 적다. 내가 피해를 당하기를 걱정하는 마음을 가지기에 앞서 먼저 내가 상대를 어떻게 대해야 하며 평소에 어떠한 행동을 하면서 살아가야 할지를 생각하는 게 우선이 아닐까?

언니의 소식을 듣고 앞으로 운전을 좀 더 조심해서 해야겠다고 생각했다. 내가 치일 확률과 누굴 치게 될 확률 중 어느 쪽이 더 높다고 볼 순 없으니까.

삶은 남았다

만성 우울증과 경력이 단절된 시간은 나에게 자신
감을 죽이기에 충분했다. 무엇을 할 자신이 없었다. 매
일 아이들을 챙기기도 버거워 밥을 차려주는 시간 말
곤 잠에 취해 살았다. 잠으로 현실에서 도피하려고 했
다. 피하고만 싶었다. 아무것도 할 힘이 나지 않았다.
그런 내가 책을 조금씩 읽기 시작했고 몇 줄의 글을 짧
게 적어보게 되었다.

그 두 가지는 나의 삶을 완전히 바꾸어 놓았다. 제일 큰 영향은 자신감이 아닐까. 여러 자기계발서를 읽으며 '이렇게 힘든 시절을 겪은 사람들도 해냈는데 나라고 못 하겠어!'라는 자신감이 생기기 시작했다. 글이 좋다고 칭찬해 주시는 작가님의 말씀에 내 마음은 춤을 추었다. 정말 그 말 그대로 할 수 있을 것만 같았다. 허공에 붕 뜬 기분이었다. 정말 정말 할 수 있을 거라고.

원고를 쓸 때 즐거웠다. 나의 마음을 고스란히 담고 싶다는 마음이 강했다. 나의 이야기가 가슴에 와닿기를 바라고 또 바랐다. 할 수 있다. 할 수 있다. 할 수 있다. 나는 할 수 있을 거라고 매일 다짐했다. 어떠한 상황이 닥쳐도 어떠한 고통이 와도 우리의 인생은 끝나지 않았다. 아직도 많은 삶이 남아있다. 많은 삶이.

글을 쓰지 않으면 안 되는 두려움

글을 왜 쓰고 싶은지 궁금하게 된 건 얼마 전부터다.
첫 책을 쓴 이유는 그저 내 이야기를 세상에 알리고 싶
어서였다. 그 안에 있는 이야기가 누군가에겐 작은 위
로가 되어줄 수 있을 것 같았다. 나는 왜 글을 쓰고 싶
을까? 웃긴 사실은 글을 쓰고 싶다고 생각만 했지, 쓰
지 않았다는 거다. '매일 쓰는 사람이 작가다.', '오늘
아침 글을 쓴 사람이 작가다.'라는 말을 좋아한다. 정

말 문장 그대로 나 또한 그렇게 생각하기 때문이다. 그래서 작가라 불리는 것이 아직은 민망하다. 매일 글을 쓰지 않고 종일 시간을 죽이는 생활에 이젠 조금 지쳐간다. 글을 왜 쓰고 싶은지 아무리 생각을 해봐도 정확한 답을 내리기 어렵다.

그러한 이유로 오랜만에 노트북을 켰다. 자리에 앉아 한글 파일을 열고 내가 왜 글을 쓰려고 하는지 생각해 보고 있다. 출간된 『나는 조울증이 두렵지 않습니다』의 날개 부분에는 '살기 위해 글을 쓰기 시작했다'고 적혀 있다. 그것도 거짓은 아니다. 그 당시엔 정말 살기 위해 버둥거리는 몸부림이 글이었으니까. 하지만 책이 출간된 후 나는 전혀 글을 쓰지 않았다. 글을 쓰지 않고도 살아 숨 쉬는 모습으로 추측해 보면 살기 위해 쓴다는 건 지금의 나에겐 조금 과장된 표현이 아닐까. 지금은 그저 지루함을 풀어내기 위해 글을 쓴

다는 표현에 가깝다. '삶은 지루하고 무엇 하나 즐거울
게 없는데 도대체 어디서 즐거움을 찾아야 하지?'라는
물음표에 느낌표를 찍는 게 아닐는지.

왜 쓰는지를 묻지 않는 글쟁이는 한 줄도 쓸 수가 없
다고 한다. 글을 쓰는 사람에게 질문은 세상을 향한 질
문이기에 질문이 없는 삶은 있을 수 없다. 미흡한 질문
이거나 어설픈 질문이라도 없는 것보다는 낫다고 한
다. 모든 시작이 질문에서 시작된다는 말에 동의한다.
지금 글을 쓰고 있는 이 순간에도 글을 쓰는 이유를 계
속 묻고 있기 때문이다.

첫 책을 출간하고도 차기작을 바로 준비할 줄 알았
다. 글은 술술 써질 것 같았고 오히려 더 나은 글이 되
어 있으리라고 생각했다. 하지만 그건 착각이었다. 미
흡한 아이를 세상에 꺼내놓고 나니 처음으로 욕심이

생겼다. '잘 쓰고 싶다.'라는 생각이 머릿속을 점점 채운다. 잘 쓰려고 생각하니 글을 쓰는 게 두려워지고 하얀 백지의 한글 파일을 볼 자신이 없다. 엉터리 글이 써질 것 같았으므로. 두려움을 이기는 가장 좋은 방법은 그 일을 행하는 것이다. 나는 두려움을 이길만한 더 큰 두려움이 생겼다. 그건 글을 안 쓰면 안 되는 두려움. 두려움을 이기기 위해 타자를 두드린다.

성 정체성

고등학교에 다닐 때 친했던 친구가 있었다. 나는 누구에게도 마음을 잘 열지 않는 사람이다. 유독 그 친구에게만은 마음을 활짝 열고 다가갔고 우린 급속도로 친해졌다. 늘 함께였다. 쉬는 시간마다 함께 영어 단어를 외우고 시험을 보면서 공부했고 배가 출출할 때면 매점에 뛰어가 간식도 먹었다. 하굣길에 늘 들리던 김밥집의 김밥 맛은 지금 생각해도 단연 최고다. 아마도 우리의 추억이 깃든 장소이기에 더욱 그러할 것이다.

친구와의 우정은 순탄했다. 모든 걸 공유하고 곁에 있었다. 그러던 어느 날, 친구와 술을 마시게 되었다. 술에 알딸딸하게 취한 나는 전철 안 벤치에 앉아 꾸벅꾸벅 졸았다. 걱정된 친구는 내 쪽으로 다가와 나를 깨웠다. 몽롱한 정신을 부여잡고 무겁게 감긴 눈을 조금씩 떠보았다. 바로 눈앞에 그녀가 있었다. 그 순간 그동안은 느껴보지 못했던 묘한 충동에 사로잡혔다. 내 앞에 있는 그녀에게 뭔지 모를 두근거림을 느꼈다.

생각할 시간과 망설일 틈도 없이 그대로 그녀의 입에 입을 맞추었다. 순식간에 일어난 일이라 어찌할 도리없이 사건은 터졌다. 내 행동을 그녀는 거부하지 않았다. 동성인 여자와 입을 맞춘 첫 순간이다. 지금 생각해도 그때의 행동은 의문만 남아있다. 우정은 한순간에 사랑이 되기도 하고 사랑이 갑자기 우정이 되기도 한다. 그 안에서 우린 갈등을 겪고 자신의 성 정체성을 찾기 위해 노력한다. 혼란의 과정은 누구에게나 있다. 그 과정과 결과를 누구도 옳고 그르다고 판단할 자격은 없다. 자신만의 알아갈 수 있고 정할 수 있다. 이제 타인의 시선에 눈치 보느라 숨기기 급급한 시대는 지나갔다. 내가 어떤 사람인지 인지해 가는 그 과정 자체가 의미 있는 일이다. 어떤 성 정체성을 가지고 있다고 할지라도 당신은 행복할 권리가 있다.

우리는 우정이란 이름의 사랑을 모르고 얼마나 많이 지나쳤으며 사랑이란 이름의 우정을 몰라보고 헤매었을까? 나와 그녀는 그 사건 이후로 아무렇지 않게 우정을 이어왔다. 그날 느꼈던 충동은 더 이상 일어나지 않았고 우린 평소대로 지내왔다. 누구에게나 이러한 사건이 일어날 수 있다. 단순히 기억에 남는 에피소드가 될 수도 있고 자신과 곁에 있는 타인을 알아가는

중요한 순간이 될 수도 있다. 우리는 서로 조금 다를

뿐 틀린 게 아니다.

후회

몇 년 전까지도 과거를 붙잡고 놔주질 못했다. 지난 날의 사진을 보며 그때의 나를 그리워하고 되돌릴 수 없는 시간을 되돌리고 싶어, 기도했다. 생각해 보면 그 때도 지금과 별반 다를 게 없으며 다르게 살아가는 모습이라 해도 행복하게 살고 있을 거라는 보장이 없음에도. 지금의 나는 후회하지 않는다. 누군가 마법으로, 그때로 나를 되돌아갈 수 있게 해준다 해도 이젠 사양이다. 어떠한 형태의 삶을 살아도 결국, 지금만 한 삶은 없을 거라 믿기에. 지금의 나는 공짜로 얻어진 것이 아니다. 수많은 환경 속 감정을 거쳐 만들어진 현재.

그 흔한 행복이란 마음 먹기에 달렸다는 말. 마흔이 다 되어가는 시점에서 깨닫는다. 여기서 행복할 수 없다면 어느 때로 되돌아가도 똑같아. 후회? 꿈에서도 할 일 없다.

끝까지 쓰는 삶

끝까지 쓰는 삶을 살겠다고 다짐했었다. 매일 쓰는 작가는 아직 못되더라도 글을 놓지 않는 사람이 되고 싶었다. 그렇게 한 권, 두 권, 그리고 곧 나올 공저 책까지. 이번 공저 책은 지난번 공저 책보다 분량이 많았고 글을 다시 몰입해서 쓰면서 좀 더 좋은 글, 편안하게 읽히는 글이 쓰고 싶었다. 어떻게 보면 치열하지 않아 보일 수도 있다. 틈이 나면 한 번씩 쓰는 작가로 보일 수도 있겠다. 이번 글을 쓰면서 다시 내 삶을 돌아보고 글이 내게 무엇인지 생각한다. 삶에서 글을 놓지 않고, 글을 쓸 땐 삶을 놓지 않는 자세.

그 자세를 잃지 않는다면 내가 꿈꾸는 끝까지 쓰는 삶을 살아갈 수 있다. 사실 이제 고백하지만, 글이 참 어려웠다. 내가 글을 쓰고 있는 게 맞는 건지, 제대로 맞는 방향으로 가고 있는 건지 의문이 들었다. 어떤 이는 나의 글을 일기로 치부하기도 하고 그저 부족한 끄적임으로 생각할지도. 그럼에도 글을 쓰는 이유는 우선 내가 글을 쓰지 않으면 못 견디는 것과 내 글이, 작은 문장이 누군가의 마음에 와닿을 때의 느낌 때문이기도 하다. 부족하든 엉망으로 보이든 중요한 건 내가 전하고자 하는 소소한 닿음이 살아 있다는 것이다.

Chapter 4.
봄

가진 것의 의미

한때 미니멀리즘에 잠시 빠진 적이 있다. 이 미니멀리즘은 필요 최소주의라고도 하는데, 살아가면서 필요한 최소한의 물건만 가지고도 행복을 추구하면서 살아가는 삶을 의미한다. 하지만 이내 나의 생활은 물건들을 사들이는 모습으로 되돌아가게 되었고 현재도 핸드폰으로 쇼핑몰을 주기적으로 구경하며 물건을 구매하고 있다. 점점 쌓여만 가는 물건을 보며 오늘은 무소유와 필요 최소주의에 관해 생각해 보았다.

무소유란 아무것도 가지지 않고 살아가는 삶을 의미하며 최소한의 것으로 살아가는 삶은 필요 최소주의이다. 그 두 단어와 행복은 어떠한 연관성이 있을까? 행복을 컨트롤하는 것은 소유와 결핍이 아닌 '집착'이다. 그렇다, 집착. 이 집착이란 녀석이 우리 안에서 어떻게 움직이느냐에 따라 행복이 결정된다고 생각한다.

손에 무언가 더 잡으려고 할수록 우린 행복한 삶과 더욱더 멀어져만 갈지도 모른다. 그건 물질적이든 심리적이든 마찬가지이다. 집착으로 움켜쥔 것이 많을수록 사람은 불안해지기 마련이고 가진 게 적은 사람일수록 얽매이지 않은 자유로운 상태가 아닐까. 인간의 욕구는 억제하는 게 아니라 승화로 해소해야 하는 영역이기 때문이다.

행복한 삶, 억제하는 게 아닌 승화시키는 삶이란 그
어느 것도 주체가 되어선 안 되는, 나 자신의 주체가
되는 삶이다. 물건도 자신의 안에서 충돌하는 심리적
인 그 어떤 것도 아닌, 아무것도 걸치지 않은 벌거벗은
자신 그 자체 말이다. 오늘도 행복하길 바랐다. 아침에
눈을 뜨면 오늘 하루도 행복하게 해달라고 빌곤 한다.
오늘 하루 나는 얼마나 집착에서 벗어날 수 있었나.

기대를 버렸던 어린 시절 나에게

부족함 없이 자란 환경은 아니었지만 가난하다고 말하기도 어려운 어린 시절을 보냈다. 풍족하지는 않았다. 고등학교 다닐 때, 용돈은 바라기 어려워 교통카드 충전할 정도의 돈만 받아서 학교에 다녔다. 항상 불평불만 없이 지내는 나와는 달리 언니는 환경 탓을 자주 했다. 돈이 없어서, 친구와 집안 환경이 달라서 우리 집을 부족하게 느꼈다. 돈 이야기로 부모님이 우리에게 미안한 마음을 느끼지 않으시도록 말하고 행동해야 한다고 생각했다. 칭얼거리는 어린이 시절엔 엄마를 따라 시장에도 자주 갔었지만 무언가를 사달라고 조르는 나에게 돌아오는 건 "안돼. 사줄 수 없어."라는 말뿐이었다. 어쩌면 그때 나는 기대를 버렸거나 우리 집 사정을 받아들였을지도 모르겠다. 어린 마음에도 금전적으로 부모님을 힘들게 하는 게 얼마나 가슴 아픈 일인지 알고 있었다.

고등학생 때 친구의 선물을 사주고 싶어 손바닥 정도 크기의 곰 인형을 만들었다. 용돈을 받지 못했던 난 그 선물을 위해 차비를 아껴야 했고 5일을 걸어 다녔다. 돈이 조금씩 필요할 땐 전단지 아르바이트를 잠깐 하면서 용돈으로 쓰곤 했다. 그런 일들이 있었지만, 돈이 없다는 이유로 부모님을 조금이라도 원망한 기억은 지금까지도 없다. 조금은 이르게 어른스러움을 장

착하고는 부모님에게 기대거나 의지해야 한다는 생각
도 함께 버렸다.

누군가에게 도움을 요청하며 손을 건네는 일도 의
지하고 마음을 품는 일도 어려웠다. 모든 일을 혼자 해
결해야 한다는 강박을 겪었다. 나는 그래야만 하는 사
람이라고 너무 일찍 마음을 닫아버렸다. 어쩌면 어린
시절 겪은 일들은 사람이 성격에 여러 방향으로 고리
를 연결하고 한 사람의 인생을 좌우하게 되는 건 아닐
까?

내가 긍정적이어서 모든 상황을 둥글게 받아들인
건 아니다. 어린 시절의 영향으로 사람과 환경에 기대
하는 건 내가 상처받는 길이라는 사실을 너무도 명확
하게 알게 되었다. 그런 마음은 나를 힘들게 했다. 한
없이 외롭고 끝도 없는 고독함에 잠기게 했다. 어린 시

절 나에게 말해주고 싶다. 사람들과 마음을 나누고 조금은 너를 열어두어도 괜찮다고. 상처라는 건 오래가는 상처만 있는 건 아니라고 말이다.

이러한 생각들이 모여 앞으로의 내가 조금씩 변화했으면 좋겠다. 요즘은 사람 사는 거 다 똑같다는 생각이 든다. 행복한지 불행한지를 알아볼 수 있는 요소는 없다. 자신만 알 수 있다. 내 꿈은 오늘 하루를 행복하게 보는 것. 그게 행복이라고 생각한다. 상처받은 어린 시절의 기억을 이제 모두 글로 적어 보내주려고 한다. 어쩌면 나한테 쓰는 편지 같은 걸지도…. 나와 같은 삶을 살아가는 누군가가 함께 읽을 수 있는 편지.

제목 없음

인생에 제목을 붙인다면 난 어떤 제목을 붙일까? 사람마다 살아온 세월이 제각각이니 제목도 여러 종류일 것이다. 사실, 아직 인생에 제목을 붙이고 싶지 않다. 여태껏 인생이 너무 힘들게만 느껴졌었다. 아무것도 모르던 열한 살에 시작된 우울증은 스무 살에 조울증으로 바뀌었고 좀 더 나아지는 것 같았던, 20대 시절은 많이 웃고 또 많이 울었던 모습으로 기억될 뿐이다.

스물여섯, 빠른 결혼과 임신으로 삼십 대 초반까지
도 스스로 인생을 살아내기가 버거웠다. 육아를 도와
줄 사람이 없었기에 온전치 못한 정신으로 아이 둘을
키워야 했다. 둘째가 태어난 지 얼마 되지 않았을 때,
출생 신고를 하기 위해 당시 세 살이었던 첫째의 손을
잡고 한 손으론 둘째를 꽉 안고 출생 신고를 하러 갔
다.

동사무소 직원분들이 굉장히 당황하셨던 모습이 아
직도 생생하다. 아이를 돌봐주겠으니, 서류를 작성해
달라고 하셨다. 그렇게 아이 접종까지 해야 했던 날도
첫째의 손을 잡고 신생아인 둘째를 안고 보건소에 도
착하니 그곳엔 아이의 엄마 아빠와 할머니까지 세트
로 온 집이 대부분이었다. 그런 순간엔 바쁘게 일만 하
는 남편이 원망스럽기도 했다.

불만을 잘 표현 못하고 혼자 짊어지는 성격이라 그렇게 힘든 상황들이 있음에도 나는 남편에게 말하지 못했다. 계단에서 굴러 다리에 깁스했을 때조차 내 옆엔 아무도 없었고 깁스한 발로 아이 둘을 안고 돌봤다. 처음으로 아이 얘기와 그 당시 힘들었던 속내를 글로 털어놓는 것 같다. 버텼다. 어떻게든 엄마 노릇을 하려고 애썼다.

벗어날 수 없던 그 시절, 결국 조울증에 플러스로 공황장애, 불면증까지 얻게 되었고 인생이 참 순탄치 않구나, 생각했다. 남들은 다 잘만 사는 것 같은데 왜 나만 이 지경인 걸까, 한탄도 많이 했다. 지금 돌아보면 힘들지 않은 사람은 한 사람도 없을 텐데 말이다.

글을 쓰기 시작한 후 내 인생은 새롭게 시작되었다.

끄적임이었던 몇 줄은 한 페이지의 글이 되었고 그 글들이 모여 책이 되었다. 그렇게 작가라는 이름으로 새롭게 태어나고 나니 이젠 글을 놓을 수 없는 지경에 이르렀다. 세월이 빠르다. 아이들이 벌써 초등학교 4학년, 2학년이 되어 웬만한 일들은 자신들이 알아서 척척 해낸다.

자신들이 알아서 다 할 수 있으니 믿고 일을 나가도 된다고 등을 떠밀 정도다. 많이 성장한 아이들을 보니 이제야 숨통이 트이면서 내가 하고 싶은 글을 쓰고 여행을 다니고 혼자 시간을 보내는 일들이 수월해졌다는 걸 느낀다. 아직 내 인생에 제목을 붙이고 싶지 않다. 난 이제 시작이기 때문이다. 앞으로도 영영 이름을 붙이지 않고 싶기도 하다. 내 인생은 어느 한 갈래로 정해져 있지 않다. 하고 싶은 건 다 하고 싶고 이루고 싶다. 내 인생의 제목은 제목 없음.

어린 시절의 영웅

누군가 당신이 존경하는 인물이 누구냐고 묻는다면 대답할 수 있는 사람은 부모님이다. 뚜렷한 롤 모델에 관해 생각해 본 기억은 없지만 존경할 만한 사람은 가장 가까이 있던 부모님이었다. 사실 가정 형편이 좋았던 것도 다정하신 부모님 밑에서 구김살 없이 행복하게 살아온 기억도 없지만 아이를 낳고 키워보니 부모님의 모든 행동과 마음을 이해할 수 있었다. 아무리 돈을 많이 벌려고 아등바등해도 그럴 수 없는 일은 허다하고 삶의 무게에 짓눌려 아이들에게 사랑을 주려고 생각은 해도 실행에 옮기기 힘든 게 현실이란 걸 어른이 되어 가는 나는 체감한다. 어른이란 이런 것일까. 책임질 일들이 많아지기 시작하고 어떻게든 이루어 내려고 발악하여 보지만 그 끝에 닿기 어려운 것. 나는 여전히 철이 들지 않은 세상 물정 모르는 사람이지만 아이들이 부쩍 커가는 요즘은 어른이 되어가는 과정이 어떤 것인지 조금은 알 것도 같다.

사랑을 주지 못하는 부모님이 미운 순간도 있었다. 왜 우리를 낳으셨을까. 없는 형편으로 돈을 버시느라 험한 인생을 보내시고 그렇다고 우릴 행복하게 키울 환경도 사랑도 주지 못하시면서 왜 우리를 낳으셨을까 하는 생각도 해봤다. 하지만 살아보니 나 또한 별다를 게 없다. 부모님 세대보단 훨씬 나은 환경이지만 돈 걱정에 허덕이고 아이를 키우느라 힘든 마음을 아이에게 내비치고 너무 힘이 들 땐 아이에게 화도 내는 그런 엄마가 되어 있었다. 마음먹은 만큼 해내는 사람이 얼마나 될까 싶다. 그만큼 부모로 살아가는 삶은 녹록지 않다. 모든 과정이 산 넘어서 산이다. 힘겹게 겨우 넘어왔다는 안도와 함께 다시 저만치서 높은 산이 나를 기다리고 있다. 나의 부모님과 이 세상에 모든 부모를 존경한다. 우린 최선을 다하고 있다. 아이를 낳고 키우면서 겪게 되는 이 많은 일들을 하루하루 견뎌내고 이겨내고 있다.

아이에게 변함없이 사랑만 주고 싶은 그 마음 하나면 된다고 생각한다. 상황이 안될지라도 실수할지라도 그 마음 하나면 우리는 충분히 멋진 영웅이다. 그렇게 살아가는 우리를 아이는 영웅으로 생각해 줄 것이며 마음속에 존경하는 마음을 가져주리라 믿는다. 내 부모를 존경하고 아이에게 존경받는 부모가 되는 것.

그것만큼 가슴 벅차오르는 일이 있을까.

그럴 수 있지

세상을 하루하루 더 살다 보니 이런 사람 저런 사람,
다 다른 삶을 사는 사람이 보이기 시작한다.

삶의 정석이 없듯 좋은 사람의 기준이 정해져 있지
않다고.

'그럴 수 있지.'

누군가가 나를 바라봐준 눈빛으로 나도 또 다른 누
군가를 보고 있다.

이해받지 못한 당신의 삶, 그럴 수 있지. 그래, 그럴 수 있지.

앎이라는 건

안다는 건,

생각이 조금 더 확장될 수 있다는 것.

나는 그 앎을 등한시하고 멍하니 편한 것만을 추구하며 살아왔다. 그 결과는 아는 것을 전부 끄집어내도 도저히 내가 표현하고자 하는 것들을 표현할 수 없다는 것이다. 내가 표현하고자 하는 것을 표현하고 싶다.

그러기 위해 나는 많이 알려고 노력한다. 많이 보고 많이 읽고 많이 듣고. 살아 있음을 느끼는 요즘, 행복을 알아간다.

안다는 것. 그것으로 인해.

완전하지 않은 그들에게

유년기부터 친구라는 존재가 아예 없었던 건 아니다. 시끌벅적한 무리에 끼고 싶은 아이는 아니었지만 나와 비슷한 조용한 친구를 두루 사귀곤 했다. 그 나이 때부터 생존법을 궁리한 건지 아니면 정말 마음이 갔던 행동인진 모르겠으나 유독 따돌림을 당하는 친구, 소외된 아이에게 마음이 갔다. 초, 중학교까진 그렇게 친구를 사귀었고 고등학생이 되어서야 내가 원하는 사람을 마음 가는 대로 사귀었다. 쉽게 말해 '절친'처럼 지냈던 친구도 있었지만, 누구에게도 내 진정한 속마음을 꺼내어 보여주진 않았다. 사람이 어려웠다. 인간관계가 서툴렀다. 다가가고 싶지도 너무 깊이 다가오는 이에게도 어쩔지 몰라 했다.

그러한 인간관계는 대학 생활까지도 지속되었다. 사회에서 겉도는 기분을 늘 가지고 살았다. 서른다섯인 지금까지도 여전한 걸 보면 이젠 어쩔 수 없는 성향인가 싶다. 사람이 좋지만 두렵고 혼자가 좋지만 외롭다. 현대사회를 살아가는 누구라도 겪을 수 있는 혹은 겪고 있는 성장통을 지금도 겪고 있다. 며칠 전 인상 깊은 말을 들었다.

"친구는 어디에나 있죠. 나에게 아주 사소한 영감을

줄 수만 있어도."

친구가 꼭 사람이어야 되는 건 아닌 것 같다. 사물이 되기도 하며 사람 외의 생명이 되기도 하고 보이지 않는 그 무언가가 되기도 한다. 나에게 아주 사소한 영감을 줄 수 있는 친구라면 그 무엇이라도 친구가 될 수 있는 상태가 되었다. 난 여전히 불완전하고 애정을 갈구하는 한 사람에 불과할지만 그들이 있다면 조금은 덜 외롭지 않을까. 친구가 없다고 쓸쓸해하고 있다면 주위를 둘러보길 바란다. 당신에게 영감을 주는 모든 것이 당신의 친구가 될지니. 그들이 있다고 해서 우리가 완전해지진 않지만, 사람은 영원히 불완전한 존재가 아닌가? 우린 불완전해서 아름다운 존재이다. 그들이 손 내밀어 주길 기다리지 말고 우리가 손을 내밀어 보자. 우리처럼 완전하지 않은 그들에게.

나는 오늘 나를 조금은 사랑하게 되었다

중고등학생 땐 줄곧 짧은 머리로 생활했다. 짧은 커트가 참 편하고 스타일링을 굳이 안 해도 되어서 항상 하게 되던 머리였다. 그러다 성인이 되어서는 허리까지 머리를 길렀다. 몇 년을 긴 머리로 생활하는 동안 머리는 한 움큼씩 빠졌고 미용실에서 특별한 관리를 받지 않는 나는 푸석푸석한 머리를 풀어 헤치면서도 긴 머리를 고수했다. 그게 예뻐 보이는 줄 알았다. 긴 머리는 결혼식 당일 식이 끝나자마자 바로 미용실로 달려가 단발머리로 잘랐다. 그 이후 지금까지도 나에게 긴 머리란 다시 한번 해보고 싶은 로망의 대상이었다. 긴 머리가 너무 하고 싶었다. 긴 머리를 하면 내가 예뻐질 것 같았고 하늘하늘 여성스러운 모든 것이 어울릴 것 같았다. 사람들이 예쁘다고 할 것 같았고 나 자신을 사랑할 것도 같았다.

그런 마음으로 살아온 게 12년이니, 어찌나 내 마음을, 자신을 괴롭혀온 건지. 생각해 보면 머리카락이 길어진다고 살이 빠진다고 더 예뻐진다고 내가 행복해질 수 있는 건 아닌데도 말이다. 요 며칠 마음이 뒤숭숭했다. 난 이럴 때면 스트레스를 꼭 머리카락에 풀곤 했다. 하지만 이내 머리카락을 자르고 나면 못 견디고 잘랐음에 또 한 번 실망하며 이런 주기를 몇 개월에 한

번씩 반복했다. 오늘도 그 뒤숭숭한 마음을 견디지 못하고 충동적으로, 미용실로 향했다. 그것도 다니던 미용실도 아닌 동네 작은 미용실로 갔다. 짧은 커트로 잘라달라고 하고 나서 잘려져 나가는 머리카락을 보았다. 그리고 거울 속 내 모습도 보았다.

거울 속 나는 제법 잘 어울리는 머리를 하고 있었다. 그렇다. 나는 긴 머리보다 짧은 커트 머리가 어울린다. 어울리는 것보다 남들이 하는, 남들에게 예뻐 보이는 그런 머리를 갈망했다. 나도 그들처럼 예뻐지고 싶은 그 마음 하나로. 오늘은 이상하다. 기분이 다르다. 머리를 짧게 자르고도 후회가 되지 않는다. 머리를 자르고 후회를 안 한 적은 처음이다. 그냥 마음속에 이런 생각이 문득 들었다. 나는 그냥 지금 나 자신이 해 나갈 수 있는 방법을 하나씩 해나가며 이루면 된다고. 꼭 사람들이 원하는 모습으로만 예뻐 보일 필요는 없다고.

　오늘은 알았다. 내가 나를 돌보지 못한 그 시간만큼, 아니 그 시간보다 몇 배는 더 노력 후에 내가 얻고 싶은 나의 모습을 얻을 수 있을 거라는 것을. 그리고 머리가 길든 짧든 그것은 중요한 게 아니라는 것을. 그냥 나에게 어울리는 모습으로 살아가도 나쁘지 않다고. 오늘은 이상하게 짧은 머리 내 모습이 예쁘다. 이상하게 예쁘다. 내 모습이 마음에 든다.

프리지아

꽃을 생각하면 떠오르는 색은 노란색이다. 내게 꽃
은 노란색이다. 다양한 꽃이 있지만 난 따스하고 포근
한 색을 가진 프리지아가 좋다. 탱글탱글한 꽃잎은 입
을 꾹 다물고있어도 아름다워서 굳이 필 때까지, 기다
리지 않아도 좋다. 채도 높은 쨍한 프리지아의 노란색
은 그냥 노란색에서 느껴지는 그것과는 다르다. 기분
이 산뜻하고 포근해지는 아주 향긋한 노랑이다.

프리지아의 꽃말은

"당신의 시작을 응원합니다!"

무엇인가 시작하기에 참 좋은 계절이다. 도전과 시
작, 희망은 꼭 어느 계절이 아니어도 되지만 내 마음속
에 이 계절은 무언가 시작하기 딱 좋은 계절 같다.

책이라는 우주

어린 시절, 책을 좋아하고 다독하는 아이는 아니었다. 늘 무기력한, 책과 담을 쌓은 아이였다. 그렇게 고등학생이 되었다. 지루함을 견디기 힘들었다. 늘 무엇을 해야 할지 고민했다. 학교 안에는 책을 빌려주는 독서실이 있었다. 무료함을 견디기 위해 조금씩 책을 읽기 시작했다. 그래봤자 가끔 한 권을 읽는 게 다였지만 철학적인 질문을 던지기엔 충분했다. 우울감으로 물

속에 가라앉아 있는 듯한 기분을 자주 느꼈다. 읽는 행위를 할 때만이 물 밖으로 얼굴을 빼꼼 내밀고 숨을 쉴 수 있었다. 책을 좋아하게 되었다. 성인이 되어 직장에 다닐 땐 바쁘다는 핑계로 책을 멀리했다. 기억으로는 1년에 한 권도 읽지 않았다.

　무엇 때문에 그리 바빴는지 기억도 나지 않지만 매일 정신없이 바빴다. 그렇게 스스로 세상에서 가장 바쁜 사람이라는 착각에 빠져 살았다. 정신을 차려보니 스물여섯의 나이에 아이를 가지게 되었다. 신혼을 건너뛰고 남편과 나는 엄마와 아빠라는 이름표를 달았다. 남편의 바쁜 직장생활로 공동 육아는 불가능했다. 혼자 주말까지 아이를 돌봐야만 했다. 첫째 아이만 혼자 키울 때의 나는 강했다. 어떻게든 혼자 해내려고 했다. 독립심이 강한 나는 누군가에게 도움을 요청하는 일이 어려웠다. 무슨 일이든 혼자 견뎌내고 자신이 강하다는 걸 확인하는 걸 즐겼다. 그러던 중 둘째가 생겼고 어린이집을 다니지 않는 첫째와 이제 막 세상에 태어난 둘째를 동시에 육아해야 했다. 그때부터 우울증은 산후우울증까지 더해져 심각해졌다. 매일매일 자살 충동에 시달렸다. 아이들을 보며 겨우 버텨냈다. 그때의 난 산 송장 같았다. 극도의 불안감과 스트레스로 불면증과 공황장애에 시달렸다. 결국 정신과를 다니게 되었다. 약을 먹어도 호전되지 않았고 나는 살고자 책을 집어 들었다.

사람들은 자신에 삶을 변화시키고자 책을 선택한다. 많은 자기계발서를 읽고 심금을 울리는 수필 서적을 읽으며 마음을 정화 시킨다. 나도 그런 이유에서 책이라는 동아줄을 잡고 있었다. 물고 늘어질 만한 게 없었다. 나를 살릴 수 있는 건 책이었다. 하지만 내가 왜 책을 읽고 있는지 구체적인 목표도 없었다. 그저 빨리 읽고 완독하기만을 바라는 마음만 앞섰다. 그런 무의미한 행위의 독서는 내 삶에 변화를 주지 못했다. 그러던 중 독서 모임에 참여할 기회가 생겼다. 필사라는 걸 처음으로 하면서 책을 천천히 읽기 시작했다. 빨리 읽으려는 압박이 사라지니 책 읽는 행위가 즐거웠다. 단어 하나에도 관심을 가지고 진지하게 읽다 보니 글쓰기에도 도움이 되었다.

독서는 이제 읽기만 하는 도구 대신 생각하게 해주는 도구가 되었다. 책은 그저 정보를 얻는 수단이 아닌 한 사람의 우주가 되어준다. 그 우주에서 자유롭게 많은 걸 느끼고 경험하며 자신만의 우주를 만들어 가는 게 아닐까? 죽을 만큼 힘들었던 고단한 삶에 살아갈 힘을 주었던 건 단연 책이었다고 자신 있게 말할 수 있다. 앞으로도 책이란 우주에서 유영하며 삶의 이유를 하나씩 찾아가고 싶다.

여백의 미

디자인과를 졸업하고 관련 회사에 취직해서 일하던 시절. 디자인에는 '여백의 미', 즉 화면을 꽉 채워 복잡해 보이는 게 아닌 어느 정도의 공간을 두어 조화롭게 보이게 하는 효과가 중요하다는 걸 알았다. 그냥 공간을 두면 되기 때문에 쉬우리라 생각한다면 그건 아주 큰 착각이다. 조화를 위해 여러 요소를 적절하게 배치하는 행위는 생각보다 어렵다. 글을 쓰다 보면 이와 같은 맥락으로 '여백의 미'가 필요하다. 짧고 단순하게 쓴 글이 잘 읽히며 구구절절 독자가 숨 쉴 틈조차 없이 길게 늘어진 글은 읽기가 다소 어려운 경향이 있다. 이것저것 다 장황하게 늘어놓다가는 아무런 메시지도 전할 수 없다.

어찌 보면 인생에도 '여백의 미'가 필요하다. 뭐든 복잡하게 빠르고 바쁘게 처리해야 하는 현대인들에게 공간, 빈틈, 여백은 삶을 아름답게 한다. '어떻게 레이아웃 해야 좀 더 잘 읽히는 글이 될까', '어떻게 살아야 여백이 있는 삶을 살 수 있을까?' 커서가 깜박이는 한글 창을 응시한다. 어려운 일을 쉽게 하는 방법, 그 일을 여러 번 많이 반복할 것. 나는 오늘도 엉덩이를 바닥에 꽉 붙이고 글을 쓴다.

팔리는 책을 위해

　첫 책의 초고를 작성하는 과정부터 책이 나오고 인터뷰할 때까지도 책이 대박이 나길 바란 적은 없다. 인터뷰할 때 "저는 정말 책이 잘 팔리길 바란 적이 없고요."라고 말했을 정도였다. 한 사람에게라도 닿길 바랐던 마음 때문이었다. 하지만 그 생각이 잘못되었다는 걸 알았다. 돈이 직결되는 문제를 떠나서 많이 팔린다는 건 그만큼 많은 독자가 책을 읽어준다는 뜻이기에 좀 더 내 글이 도움이 될 수 있기 때문이다. 요즘은 좀 다른 생각을 한다. 1년마다 책을 내는 건 어떨까? 이런 나도 이렇게 잘살고 있으니 이 글을 읽는 당신에게도 빛이 보일 날이 있을 거라는 걸 전하는 방법. 책이 나왔을 때 주변 지인들은 감사하게도 나를 응원해주었다. 힘이 되었다. 그러던 어느 날, 엄마는 집을 방문한 나에게 굳이 좋은 얘기도 아닌데 책을 왜 냈냐고 다그치셨다. 창피하다는 말과 함께.

책을 말도 없이 몰래(?) 출간한 나로서는 그렇게 받아들일 수 있다고 엄마의 입장을 이해했다. 그래도 흐르는 눈물은 어쩔 수 없었다. 이를 악물고 눈물을 참고 말했다. "읽는 독자를 생각해서 썼지! 그런 거 생각하면 책을 어떻게 써?" 후회하지 않았다. 날 것의 나를 다 보여주고 싶었고 그게 맞다 생각했다. 그게 정말 나였기 때문이다. 분명 두루뭉술하게 거를 수 있는 내용도 많았을 것이다. 그래도 그러지 않았다. 읽는 이에게 내 이야기가 희망이 되고 치유가 되고 용기가 되었으면 했다. 감사하게도 몇 분이 써주신 서평에는 그런 내 마음을 고스란히 느끼신 것처럼 많은 공감과 치유가 된다는 표현이 있었다. 용기에 박수를 보내주시는 분들에게 감사했다. 책을 출간한 걸 후회하지 않는 마음은 더욱 강해졌다. 다음 책은 더 많은 독자에게 전해지고 싶은 마음이다. 이젠 전과는 다르게 팔리는 책을 위하여 글을 쓰려고 한다. 그것은 곧 선한 영향력을 더 널리, 전하고 싶은 마음이기에.

단순하게 사니 좋다

걱정이 많은 사람들이 있다. 스스로 멈출 수 없는 걱정이란 걸 안다. 걱정은 사람을 불안하고 우울하게 만든다. 나도 걱정이 많은 사람이었다. 떠오르는 모든 생각들이 의도하지 않아도 저절로 걱정으로 이어졌다. 하고 싶은 일이 생길 때면 내가 해내지 못하면 어떡하지? 시험에 떨어지면? 저 사람과 친해지지 못하면? 면접에 붙지 못하면? 모든 생각은 꼬리에 꼬리를 물고 나를 갉아먹었다. 괴로웠고 불행했다. 일어나지도 않은 일을 걱정하는 일은 사실 무의미한 일이기도 하다. 많은 글에는 현재를 살라고 쓰여 있지만 그 말처럼 현재를 살기란 쉽지 않다. 그런 나에게 변화가 생겼으니, 그건 괴로운 생각들에 나름 단순해지고 있는 일이다. 지난 한 해는 나에게 의미 깊은 해였다.

처음으로 글을 써 보기 시작했고 책을 가까이했다. 책을 읽다 보니 뭐든 해낼 수 있을 거란 자신감이 생겼다. 모든 이들이 치열하게 자신이 원하는 것을 얻으려고 '현재'를 살고 있다는 사실을 알게 되었다. 아이들을 키우며 아무것도 하지 않은 채 집에 고립된 나에게 신선한 자극으로 다가왔다. 만성 우울증은 점점 더 심각해졌고 나에겐 '무언가'가 절실히 필요했다. 그 무언가를 찾은 결과 한결 차분해진, 미리 걱정만 하느라 시간을 버리지 않는 내가 되었다고 믿는다. 새해도 벌써

열흘이 지나갔다. 지나간 시간을 자책하지 않고 오늘을 잘 살자고 다짐해 본다. 오늘이 내 생에서 가장 소중한 날이니까.

보람줄

한장 한장에 희미하게 그림자를 남기는 그런 사람.

책에 딸린 보람줄이 되고 싶다.

보람줄이 되어 타인의 이야기, 하나하나에 스며들고 머물고 싶다.

있는 듯 없는 듯하다가 없으면 허전한, 그런 사람이 되고 싶다.

한장 한장에 희미하게 그림자를 남기는 그런 사람

이 되고 싶다.

케첩 떡볶이

매운 음식을 먹지 못했다. 그래서 어머니는 항상 케첩을 넣어서 나만의 떡볶이를 따로 해주시곤 했다. 떡볶이를 좋아하지는 않았지만, 어머니의 떡볶이는 좋아했다. 그것이 어머니의 관심과 사랑이라고 생각했던 것 같다. 부모님은 매일 맞벌이로 바쁘셨고 삼 형제인 우리는 항상 김이나, 참치, 햄 등의 간단한 것들로 밥을 대충 차려 먹었던 것 같다. 부모님의 관심이나 사랑도 못 느끼면서 자라고 있다고 생각했기 때문인지 떡볶이에 담긴 작은 관심과 사랑이 내겐 너무 좋았다. 그 이유로 성인이 된 지금도 떡볶이는 자주 떠오르는 음식이 되었다.

거리를 거닐 때나 야식을 떠올릴 때나 혹은 가끔 그냥 음식이 떠오를 때. 떡볶이는 나에게 너무 맛있을 것 같은 음식으로 떠오르지만, 막상 먹어보면 입에 맞는 떡볶이는 내게 거의 없다. 어머니의 사랑이 느껴지는 음식이라서 맛있을 거라는 생각부터 드는 것 같다. 그렇게 생각해 보면 음식 하나에도 추억이라는 것이 깃든다는 게 놀랍다. 나는 아직도 가끔 떡볶이를 떠올린다.

그 시절에 케첩 떡볶이를.

다시 그리고 또 다시

여전히 상처받는 자신을 보면 놀라곤 한다. 적당히 받아주고, 멀리하며 적절한 거리를 유지한다고 생각했었다. 그러다 문득 나도 모르게 마음을 열고 곁을 주었다. 사람과 가까워질수록 상처는 모르는 사이 생겨나 깊어지고 한없이 외로워진다. 인간관계를 두려워하지 않겠다고 다짐했건만 그 각오가 무색하게 마음은 툭, 바닥에 떨어진다.

철저하게 혼자인 삶을 긍정했다. 그럼에도 삶은 날 혼자 내버려두지 않았고 사람과 마주하게 했다. 인간은 혼자 살아갈 수 없는 존재이기에. 계산적인 인간이길 원치 않았다. 그저 마음 가는 대로 감정을 줬고 받았다. 상처는 피해 갈 수 없는 것이라는 걸 까맣게 잊고 산 사람처럼 나는 갑작스러운 상처에 주춤거린다.

시간이 지나면 이 또한 지나갈 텐데, 다 잊혀 질 텐데. 뭐가 그렇게 두려운지 잔뜩 움츠러든 내 어깨를 뒤에서 살포시 어루만져 본다. 삶은 여전히 아플 수밖에 없고, 상처는 당연히 받을 수밖에 없고. 그래, 그게 삶이지.

동그라미

지금 생각하면 가면을 쓰고 있었다. 겉으로는 모든 사람에게 친절했지만 속은 그게 아니었다. 뾰족한 마음은 날을 세우기에 바빴고 겉과 속이 다른 사람으로 살아갔다. 너무 참은 탓일까? 어느새 화산이 폭발하듯 뜨거워졌고 내 안에 있던 아프고 슬픈 모든 게 터져버렸다. 사람들이 아무것도 아닌 말이 상처가 되었다. 나에게 화살을 겨냥한 듯 말 한마디에도 욱했다. 이런 증상이 나타나기 시작한 건 불과 몇 년 전 일이다. 내가 나아질 수 있었던 건 병원에 다니면서부터였다. 우울증인지 알았던 병명은 조울증이었다. 많은 증상이 조울증이란 병에 딱 들어맞았다. 약 복용과 상담을 하면서 점차 차분해졌다. 그렇다면 모든 치료가 약으로 됐냐 하면 그건 아니다. 힘든 시기에 글을 만나 글쓰기도 병행했다. 그 두 가지가 없었다면 여전히 가시를 세우고 있었을 것이다.

요즘의 난 꽤 동그란 사람이 되었다. 모났던 부분을 두 가지가 둥글게 변할 수 있게 다듬어 주었다고 믿는다. 감사하는 마음으로 살아간다. 약도 글도 평생 함께 해야 한다. 약은 어쩔 수 없는 부분이지만 글은 내 의지이다. 그렇다고 약을 평생 먹어야 하는 게 불만은 아니다. 그저 감사할 뿐이다. 동그랗게 살아가는 이 삶이 참 좋다. 뾰족한 마음이 아파지는 날이 다시 오더라도 지금의 감정을 잊지 않아야겠다.

위로

가끔은 그저 들어주기만 하는 게 위로가 되고

가끔은 그저 웃어주는 게 위로가 되고

가끔은 그저 바라봐주는 게 위로가 되고

가끔은 그저 함께 밥을 먹어주는 게 위로가 되고

가끔은 그저 잘 자라는 두 글자 하나에도 위로가 돼

우리는 그저 아주 작은 따스함에도 위로받는 존재

혼자라고 생각 말기

글은 꿈에도 생각지 못했던 나란 사람이 글을 쓰고 책을 쓰고 있다. 솔직히 말하자면 글을 쓰면서도 외롭고 고통스러운 순간이 매번 있었다. 혼자라며 생각하고 버텨온 세월이 길다. 아픔과 상처는 영원히 혼자만의 것인 줄 알았다. 이번 저서를 집필하면서 이 생각은 완전히 바뀌게 되었는데, 순간마다 느끼는 기억과 감정을 쓰고 누군가와 그 글을 공유하는 순간부터 모든 건 혼자만 버텨내고 견뎌내는 것이 아니라는 생각이 들었다. 참 힘든 한 해, 감정을 꾹꾹 눌러 담았다. 여전히 세상에 혼자 남겨졌다고 슬픔에 깊이 빠져있는 내게 누군가 말해주었다.

"혼자라고 생각하지 마!"

한 문장이 사람을 죽게 하기도 살게 하기도 한다. 그 매력을 알기에 여전히 기록한다. 혼자라는 생각이 들 때, 이 책을 두 손에 꼭 쥐고 있을 당신을 응원한다.

저자 이루다

달팽이 인생

초판 1쇄 발행 | 2025년 2월 27일

지은이 | 이루다
펴낸이 | 김지연
펴낸곳 | 마음세상

외주편집 | 김주섭

출판등록 | 제406-2011-000024호 (2011년 3월 7일)

ISBN |979-11-5636-609-6(03810)

원고투고 | maumsesang2@nate.com
블로그 | blog.naver.com/maumsesang

* 값 17,500원